KB070401

크루즈와 나비

나남
nanam

* 이 책은 방일영문화재단의 지원을 받아 저술·출판 되었습니다.

김동익 장편소설

크루즈와 나비

나남
nanam

김동익 장편소설

크루즈와 나비

차 례

1
이별 여행

제이드호는 오후 4시 로마의 치비타베키아항을 출항했다. 육중한 선체가 움직이기 시작할 때는 산처럼 큰 얼음덩이가 빙하에서 미끄러져 흐르는 것 같기도 하고 대륙 한 모퉁이가 떨어져 움직이는 것 같기도 했다.

지중해 날씨는 이런 것인가. 하늘은 높고 공기는 싱싱했다.

김주희는 난간을 잡고 서서 배의 크기에 새삼 놀랐다. 사진에서도 그림에서도 이렇게 큰 배를 본 적이 없다. 배에 오를 때 겉에서 본 배는 덩치가 큰 15층짜리 건물보다 웅장했다. 12~14층 갑판에는 많은 승객들이 나와 출항을 구경했다.

부두에서 이 배를 향해 손을 흔들며 전송하는 사람은 아무도 없었다. 부두에서 작업하던 일꾼 한두 사람이 손을 몇 번 흔들 뿐이었다.

전송객이 없어도 제이드호는 검푸른 바다로 묵묵히 나아가고 있었다. 멀리 큰 수송선이 두 척 지나갈 뿐 어선도 한 척 보이지 않았다. 배는 얼마나 조용히, 육중히 움직이는지 육지를 바라보지 않으면 움직이는 것조차 느낄 수가 없었다.

이 배에 관해서는 이미 남편으로부터 자세한 얘기를 들었다.

로마에서 치비타베키아까지는 자동차로 1시간쯤 걸렸다. 그 차 속에서 김주희와 남편 고광호는 서로 할 말이 별로 없었다. 그러다 보니 배 설명이 길어질 수밖에 없었다. 승객은 3천 명이 탈 수 있다는 것, 선원은 천 명이 넘는다는 것, 아직 크루즈 시즌이 아니기 때문에 이번 승객은 3천 명이 채 안 될지도 모른다는 것, 크루즈는 지중해와 중미 카리브해의 크루즈가 가장 유명하고, 건조된 지 오래된 크루즈선도 많은데 제이드호는 건조한 지 얼마 안 됐고 노르웨이 선박회사가 운영한다는 등….

설명이 길었지만 김주희의 귀에는 승객 3천 명, 선원 1천 2백 명만 들어왔고 다른 얘기는 귀에 잘 들어오지 않았다. 우리가 탈 배의 비싼 방은 8천 달러, 제일 싼 방은 6백 달러, 우리는 2천 5백 달러짜리 방을 예약했는데 발코니가 있어 담배를 피울 수 있다든가, 그것도 5, 6월 시즌이 되면 4천 달러로 비싸진다는 얘기를 할 때는 관심이 없다는 듯 차창 밖으로 고개를 돌리고 있었다. 남편이 전에도 크루즈 여행을 한 적이 있구나 하는 생각을 했지만 묻지는 않았다.

남편은 안 해 본 것이 없는 남자라고 김주희는 알고 있다. 사기도 쳐 봤을 것 같고, 동창회에서 무슨 상도 받아 봤다는 것이고, 이런 여자 저런 여자와 연애도 많이 해 봤고…. 안 해 본 것이 없는 남자이기 때문에 오히려 정 붙일 구석이 없는 듯한 그런 남자 아닌가….

두 사람은 3년 전에 결혼했다. 그러나 1년 전부터 두 사람 사이가 냉랭해졌다. 잠자리를 함께하지 않는 것은 물론, 대화도 거의 없어져 버렸다. 한집에서 살지만 별로 정이 없는 남매처럼 살고 있었다.

고광호는 정이 많은 사람이라는 얘기를 자주 듣는다. 고광호는 그 얘기가 싫지 않았다.

실제로 그는 남에게 호감을 잘 느낀다. 고등학교 농구부에 있을 때는 좋아하는 후배들을 집에 데려와 재우고, 회사 직원들 중 마음에 드는 사원의 경우는 조모상이나 빙부상까지도 꼭 문상을 했다. 그냥 문상이 아니라 문상을 가서 눈물까지 보이곤 했다.

김주희에게도 그러했다. TV에 출연한 김주희를 보고 고광호는 한눈에 반해 버렸다. 웃는 얼굴은 말할 것도 없고, 평안도 사투리가 그렇게 귀엽게 들릴 수가 없었다.

마침 한성방송의 보도국장은 고등학교 동기생이었

다. 가깝게 지내는 사이가 아니라 얼굴 본 지도 꽤 오래됐건만 다음날 바로 전화를 했다.

"잘 지내고 있지?… 우리 본 지가 반년도 넘은 것 같은데… 언제 한번 봐야지….

그런데 부탁이 하나 있는데 말이야…. 어제 너희 방송에 탈북자 몇 사람을 출연시킨 프로가 있었지?…. 그 가운데 김수희인가 김주희인가 하는 여자가 있었어. 그 여자한테 밥을 한번 사고 싶은데…. 자리를 좀 만들어 주어.

우리 회사에 나이 많은 권 전무 얼굴 본 적 있지? 권 전무는 어릴 때 남포에서 월남했거든. 형님 한분은 아직도 남포에 살고 있다지 아마…. 탈북자 중에 남포 출신이 있으면 한번 만나 보겠다는 게 소원이야. 남포 생각은 가물가물하고 형님 소식을 들을 가망은 없지만 고향 얘기를 그렇게 듣고 싶어 하는군…. 그 여자가 시간을 내주게 한다면 내가 단단히 한턱낼게…. 자네가 데리고 나와도 좋고, 바쁘면 혼자 보내 줘도 좋고….”

　이렇게 해서 고광호는 며칠 후 김주희를 만나게 되었다. 보도국장은 나오지 않았다. 나이 많은 권 전무는 꾸며 낸 얘기니까 물론 안 나왔다.

　고광호가 김주희를 처음 만난 곳은 청담동에 있는 그린호텔이다. 김주희가 일하고 있는 가게에서 멀지 않은 곳이다. 그 호텔 레스토랑의 메뉴는 다양하다. 치즈버거, 나폴리피자가 있는가 하면 갈비구이와 육개장도 있다.

　“면 종류를 좋아하면 스파게티를 시키고… 밥 종류가 좋으면 갈비정식을 시키지요. 이 집 음식 맛이 괜찮아요….”

　“저는 아무거나 잘 먹어요.”

　“그러면 내가 시키지….”

　그래서 두 사람 테이블에는 멕시칸 라자냐, 비프 나초와 봉골레 스파게티가 나왔다.

"입맛에 맞는 대로 골라서 나누어 먹자구요."

고광호가 한 말이다. 그는 대개의 경우, 이것저것을 시켜 나누어 먹기를 즐긴다. 라자냐와 나초를 시킨 것은 그가 좋아하기도 하지만 김주희가 먹어 보지 못했을 것 같아서 주문했다. 어떻게든 그녀를 흔들어 놓고 싶은 생각이 바닥에 깔려 있었기 때문이다.

아닌 게 아니라 김주희는 모두 처음 보는 음식이었다. 고광호는 우선 나초를 치즈에 찍어 입에 넣으면서 너스레를 떨었다.

"이건 멕시코 음식인데 옥수수로 만든 거야. 맛이 괜찮거든. 우리는 옥수수를 쪄 먹거나 밥에 넣어 먹었는데 멕시코놈들은 옥수수를 가루로 만들어서 과자며 빵 같은 것을 밥상에 올린단 말이야. 치즈에 찍어 먹어도 맛이 있고 여기 매콤한 토마토 살사에 찍어 먹어도 맛이 있거든 …."

고광호와 김주희는 나이가 열여섯 살 차이가 났다. 고광호는 말을 놓았다가, 경어를 썼다가 하면서 지껄였다. 김주희는 별로 할 말이 없었지만 고광호가 수다를 떠는 바람에 말할 기회도 없었다.

두 사람은 라자냐와 스파게티를 앞 접시에 나누어 정답게 먹었다.

식사를 하면서 고광호는 김주희에게 자신을 소개했다. 자신은 그동안 열심히 살아왔다는 것이 서론이었다. 그래서 마흔이 넘도록 결혼을 못했고, 지금은 웬만큼 자리를 잡았다는 얘기였다. 실제로 그러했다. 고광호는 봉제회사에 다니면서 대학 야간부를 마쳤고, 지금은 중국에서 봉제공장을 운영하고 있다.

"내가 반쯤은 중국에 있고 반은 서울에 있는데 이제는 좀 안정되게 살려고 하지."

그는 김주희에게도 몇 가지를 물었다. 언제 탈북을 했느냐, 누구하고 살고 있느냐, 북조선에선 어떻게 살았느냐, 지금은 무슨 일을 하고 있느냐, TV에 출연해서 얘기하는 것을 듣고 너무 감동했다는 둥….

김주희는 대답을 되도록 간단히 했다. 남자의 말수

가 너무 많아서 그 반발심도 깔려 있었거니와 지나온 얘기를 어떻게 다 할 수 있겠는가. 글로 써도 책 몇 권이 될 텐데….

점심을 마치고 커피까지 마신 후 고광호는 짜 놓은 시나리오대로 시간을 리드했다.

"바쁘지 않으면 나와 이 호텔 위층에 잠깐 올라갔다 가지. 중국에서 나와 동업하는 중국인 부사장이 오늘 저녁 서울에 오는데 내가 이 호텔에 방을 잡아 주었어요. 전화로 예약만 했기 때문에 방이 어떻게 생겼는지 올라가 보고 방이 너무 보잘것없으면 좀 비싼 방으로 옮기든지 다른 호텔로 옮겨줄까 해서….

외국에서 처음 오는 손님에겐 롯데호텔 같은 데가 좋을 거라는 사람이 있지만 나는 그렇게 생각 않거든. 싸구려 중국관광객은 명동을 좋아하고, 싼 방에 묵더라도 롯데호텔 같은 데 들어가면 최고인 줄 알겠지만 사실은 그런 데는 장터 같아. 고급 관광객은 명동이 아니라 청담동에 있는 명품가게 거리를 더 좋아하거든.

고급 레스토랑도 많은 곳이 청담동이고…. 명동은 이런 데라고 구경만 시켜주면 되고, 롯데호텔에선 점심만 한번 대접하면 되지 않겠어요?"

말은 유수 같았으나 모두 거짓말이었다. 중국에서 손님이 오는 것도 아니고 투숙을 예약한 것도 아니었다. 점심시간 직전에 프런트에 들러 시간대여를 해 놓은 것이다. 호텔방을 빌려 수작을 걸 생각도 아니었다. 호텔방에서 단둘이 몇 분을 지내면서 손을 잡거나 껴안는 시늉을 안 하면 나를 얼마나 점잖은 신사로 봐줄까 … 하는 계산에서 꾸민 연극이었다.

방에는 덩그러니 침대 하나가 자리를 차지하고 구석에 안락의자 하나, 화장대 앞에 딱딱한 의자 하나가 있었다.

고광호는 방에 들어서자 커튼을 걷어 밖을 내다보고, 화장실도 살펴보았다.

"편안하게 의자에 잠깐 앉아요. 여기서는 하룻밤만 묵게 하고 내일 시내 다른 호텔로 옮겨주는 게 좋겠지요? 방이 너무 좁아서 답답하지 않아?….”

김주희는 쌩긋이 웃으며 말했다.

“잠만 잘 거면 이런 데도 괜찮겠지요. 뭐… 손님을 만난다든가 하면 몰라도….”

고광호는 자신이 거짓말을 많이 하며 살고 있다는 것을 알고 있다. 그러나 거짓말이 꼭 나쁘다고 생각하지 않는다. 거짓으로 자기 자신을 왜곡하거나 남을 오도할 수 있다는 것은 생각을 않고, 단지 사기로 남에게 피해를 입히지 않는 한 거짓말은 오히려 사회생활의 필수적 테크닉이라고 믿고 있다.

그는 농담과 우스갯소리도 잘한다. 그래서 사람들은 그를 재미있는 사람이라고 하지만 어떤 때는 그가 하는 말이 진담인지, 농담인지, 거짓말인지, 장난인지 헷갈릴 적이 많다. 좋게 말하면 위트가 있지만 말이 많다 보니 실수할 때도 있고 그래서 신뢰성이 떨어져 보이기도 한다.

고광호는 호텔방 창문을 열어 놓고 담배를 한 대 피웠다. 호텔방에는 재떨이가 없었다. 화장실에서 적신 휴지를 넣은 글라스를 가져와 재를 털고, 담배를 다 피운 후에는 그 휴지를 화장대 옆 쓰레기통에 넣었다. 세심한 에티켓이 있음을 김주희에게 보여 주는 연기였다.

"조금 있다가 나가자구요. 그런데 그냥 나가기 섭섭하니까 맥주 한 병에 과일 한 접시 시켜 먹고 나갈까?" 라는 말이 나올 때 김주희는 가슴이 철렁했다. "한번 꼭 껴안아 보고 나가자"고 했으면 어쩔 뻔했나 …. 껴안으면 그냥 껴안겠나 …. 가슴을 더듬을지도 모르고 키스를 하려 들지도 모를 일이었다.

이런 걱정은 방을 보러 가자고 할 때부터 했었다. 그때는 한사코 뿌리치리라 … 라고 생각했었다.

"아냐요, 과일 안 먹어도 돼요. 저는 가게에 나갈 시간이 됐거든요. "

그는 청담동에 있는 명품가게 '그라나다'에서 일하고 있다. 남포의 고등중학교에 다닐 때 중국어를 공부했는데 가게에 오는 중국인 고객을 상대하는 판매직원으로 일하고 있었다. 중국어를 유창하게 하기보다 조금 서투르게 하는 편이 고객에게 호감을 줄 수 있다고 해서 채용됐다는 얘기를 김주희는 나중에 들었다.

토요일 일요일에도 쉬지 않는 대신 일주일에 이틀은 오후 3시에 출근하고 이틀은 오후 3시에 퇴근하도록 되어 있다.

"함께 나가면 남이 오해할 수 있으니까 미스김이 먼저 나가요. 바로 다음 엘리베이터 타고 내려갈 테니까 현관 밖에서 만나지…."

김주희는 한발 먼저 내려가 호텔 정문 밖 길가에서 남자를 기다렸다. 남을 배려할 줄 아는 사람이구나 … 하는 생각을 하면서 기다렸다.

조금 후 호텔 문을 나서는 고광호 손에는 쇼핑백이 들려 있었다. 어느새 호텔 베이커리에서 케이크와 빵, 쿠키를 사들고 나온 것이다.

"이 집 빵 맛이 괜찮아요. 집에서 심심할 때 먹으라구."

"고맙습네다. 잘 먹을게요."

"요 다음에는 먹을 것 말고 다른 걸 사 줄게. 나는 마음에 드는 사람에게 선물하기를 좋아하거든 …"이라며 허허 헛웃음을 쳤다.

두 사람은 몇 차례 더 만났고 6개월 후에 결혼했다. 결혼식에 신랑쪽 손님은 많았다. 고교 동창, 대학 동창, 회사 직원, 거래처 사람 ….

신부쪽과 균형을 맞추기 위해 청첩을 조금만 해도 좋으련만 고광호는 5년, 10년 동안 전화통화도 없던 동창생에게까지 모두 청첩장을 보냈다. 그는 그렇게 과시하기를 좋아했다. 중국에서도 손님이 왔고 일본인 하객도 있었다. 신부쪽은 탈북자 교육기관인 하나원에서 함께 생활하던 친구 선배와 탈북자 지원단체에서 온 몇 사람, 가게 '그라나다'에서 함께 일하는 직원 등 모두 20명 남짓이었다.

김주희는 내내 눈물을 흘렸다. 이렇게 샘솟듯이 눈

물이 나오기는 처음이다. 북한을 벗어난 후 살아 계신
지 아닌지도 모를 부모님을 생각하며 눈물을 흘린 적
이 한두 번이 아니다. 그러나 멈출 수 없이 눈물이 나
기는 처음이다. 어머니 아버지가 결혼식에 안 계셔서
눈물이 나오는 건지, 혼자 이렇게 화사한 결혼식을 치
르는 게 어머니 아버지께 죄스러워 눈물이 나오는 것
인지 알 수 없지만 가슴이 찢어지는 듯해서 눈물이 나
는 것은 분명했다.

　옆에 서 있는 신랑에게 미안할 정도로 눈물이 나왔
는데 고광호도 그 눈물의 의미를 알았는지 귀에다 대
고 "괜찮아, 괜찮아" 소리를 조용히 몇 번 했다.

　결혼식 1년 후에는 아들도 하나 낳았다. 김주희는
아쉬운 것 없이 살았다. 결혼생활 3년 동안 남조선으
로 참 잘 넘어왔다는 생각을 아마 수백 번은 했을 것이
다. 남편은 중국에 자주 드나들기 때문에 아파트는 공
항에서 멀지 않은 곳에 장만했다.

남조선에 잘 넘어왔다고 생각하는 것은 동네 슈퍼마켓에 갈 때 번번이 그랬다. 먹을 것은 고기에서 야채까지 수백 가지가 산더미처럼 쌓여 있고 화장품에서 음료에 이르기까지 없는 것이 없다. 종이로 된 아이 기저귀에 이르러서는 세상에 이런 게 다 있나 싶었다.

남포의 상점은 어떠했던가. 당의 높은 사람만 드나든다는 상점에 있는 물건도 종류나 양에서 슈퍼마켓의 백 분의 1도 안 되고, 장마당의 좌판은 자기의 내장을 꺼내 놓고 파는 듯한 그런 풍경이었나? 야채건 곡식이건 다 팔아 봤자 손에 쥐는 돈은 몇 푼 안 되는 초라한 좌판들이었지 않은가.

남포의 장마당을 떠올리던 김주희는 자신이 너무 사치스러운 생활을 하고 있다는 생각을 자주했다.

비싸지도 않은 그 많은 물건들 ─. 소포나 택배로 보낼 수 있으면 과자며 비누며 하는 생필품을 잔뜩 사서 고향 남포에 보내고 싶은 생각을 여러 번 했다. 생각을 자주하다 보니 그런 꿈까지 꾸었다.

샴푸와 알사탕, 수건 몇 장과 감자칩을 3만 원어치 샀더니 들기도 힘들 정도의 양이었다. 그것을 우체국에 들고 갔는데 북조선에는 우편물을 보낼 수 없다는 얘기를 듣고 너무 실망한 나머지 꿈을 깬 것이다. 무거운 소포 꾸러미를 들었던 팔이 아파서 팔을 만져 보기까지 했다.

애인관계나 결혼생활은 5년이 고비라던가…. 꿈처럼 지난 김주희의 결혼생활에 먹구름이 감돌았다. 고광호, 김주희 부부에게는 5년의 고비가 빨리 찾아왔다. 슈퍼마켓에 나가는 것도 별로 즐겁지 않게 됐다.

김주희는 아들 동수를 위해 열심히 살았다. 남편에게도 할 만큼은 했다. 남편도 동수를 무척 사랑했다. 그러나 남편이 자기에게는 마음을 덜 쓰고 있다는 걸 주희는 절절히 느끼기 시작했다.

남편은 중국에 자주 간다. 중국에 머무는 시간은 1년에 서너 달이 넘을 것이다. 얼마 전부터, 아마 1년

전쯤부터 중국에 머무는 기간이 훨씬 길어지고 집에
돌아와서도 남편의 모습이 달라진 것을 김주희는 감지
했다.

집에 들어서자마자 동수를 안아주고, 선물을 꺼내
주고 하는 것에는 변함이 없는데 주희를 대하는 것은
확실히 달라졌다. 눈을 잘 맞추지도 않고 말수도 적어
졌다. 무엇보다도 잠자리가 달라졌다. 동수를 침대 한
가운데 눕혀 잠을 재우지만 아이가 잠이 든 후에는 부
부간에 어떤 액션이 있었는데 남편은 이제 아무 열의
를 보이지 않았다. 전에는 팬티까지 다 벗고 자던 남편
이 이젠 팬티도 벗지 않는다.

김주희는 남자를 썩 밝히는 여자가 아니라는 것을
스스로 알고 있다. 침대에서 남편을 간절히 원하는 것
은 아니지만 남편이 시종 덤덤하면 기분이 좋을 수가
없다.

주희는 남편과의 잠자리를 싫어하는 것은 아니지만
안달이 나도록 좋아하지도 않는다. 섹스보다는 애무

를 좋아한다. 남편이 손으로 자기 몸을 더듬으면 행복감을 느낀다. 음— 음— 하는 소리를 내면서 더듬으면 사랑의 속삭임 같아 더욱 황홀해진다.

김주희는 사랑을 알고 남자에 대한 정감도 풍부하다고 스스로 생각하고 있다. 그것은 고등중학교 때부터 그렇게 생각했다고 기억하고 있다. 한편으로는 사랑과 섹스의 열정이 정비례하는 것인가 아닌가에 대한 의문을 갖고 있었다. 그것은 결혼 후에 생긴 의문이었다.

어떤 의문이 있든 간에 애무나 섹스는 사랑의 한 증표임에 틀림없다는 확신은 있었다.

남자에게서 섹스의 열이 식으면 그 눈치는 여자가 먼저 챈다. 그것이 여자의 본능인지도 모른다.

주희의 가슴에 희미한 구름이 끼기 시작할 무렵— 그것은 본능이거나 육감에서 온 것이다— 머리에 먹구름이 스쳤다. 남편에게 여자가 생겼을 것이라는 번개 같은 생각이 먹구름을 일으킨 것이다.

무슨 전화를 그렇게 받는가 …. 남편이 집에서 바깥

전화를 받을 때 우물쭈물하는 것이 전에는 없었다.

얼마 전에는 무슨 전화를 받더니 "내가 나중에 전화를 걸겠다"고 전화를 끊으면서 내 눈치를 슬쩍 보지 않던가…. 그 며칠 후에는 화장실에서 전화 거는 소리가 들렸다. 예사롭지 않은 대화였다.

"지난번 만난 데서 만나지 뭐…. 커피숍에서 보는데… 집에는 몇 시에 들어가야 돼?…."

골프약속은 아니고… 남편은 바둑이나 화투를 하지 않으니까 그런 약속도 아니고…. 남편의 말투가 상냥한 것으로 미루어 상대가 여자인 것이 분명했다.

청담동에서 함께 일하던 남현주는 결혼 후에도 가끔 만나 수다를 떠는 사이다. 주희 남편이 중국에 회사가 있어 자주 중국에 가 있는 것을 알고 있는 현주는 이런 얘기를 해 준 적이 있다.

"너희 남편은 그럴 일이 없겠지만 중국에 있는 한국인 사업가들 중에는 현지처를 만들어 놓은 사람이 있대… 혹시 모르니 감시를 단단히 해라 얘…."

중국의 현지처라면 중국인이 아닐까?…. 중국에 있
는 조선족일 수도 있지…. 서울에 왔으면 굳이 만날 장
소를 정할 필요가 없을 텐데… 묵고 있는 호텔로 가면
될 테니까 …. 현지처가 아니라 애인이겠지…. 애인이
라면 서울에서 만들었을 수도 있지….

별의별 생각을 다 하다가 주희는 모르는 척하기로
했다. 물어봐야 아니라고 할 테고, 증거가 있다고 하
면 그건 오해라고 할 테고… 모르는 척하는 것이 속 편
하다는 생각이었다.

주희는 세월호 사건 이후에 생겨난 우스갯소리를 들
은 적이 있다. 남편에게 애인이 생겼을 경우, 프랑스
여자는 남편의 애인을 찾아 권총으로 쏴 죽이고, 이태
리 여자는 남편을 죽이고, 스페인 여자는 남편과 애인
둘을 다 죽이고, 독일 여자는 자기가 자살하고, 영국
여자는 모르는 척한다는 것이다. 또 미국 여자는 대뜸
변호사를 찾아가고, 중국 여자는 자기도 바람을 피워
버리고, 일본 여자는 여자를 찾아가 헤어지라고 사정

을 하고, 한국 여자는 청와대 앞에 가서 데모를 한다는 것이다.

이 우스갯소리를 들을 때는 국민성이나 사회풍조를 감안한 유머로구나 … 생각하며 웃었지만 남편에게 애인이 생겼다고 생각하니 웃음도 안 나온다.

'나는 영국 여자 스타일인가?…. 남편의 애인은 중국인 스타일인가?…' 라고 짐작을 해 보면서 마음을 접었는데 어느 날 먹구름은 소나기를 퍼부었다.

중국에서 온 전화였다. 고 사장에게 애인이 생겼는데 회사가 걱정돼서 전화를 했다는 것이다. 서울에서 온 여자인 듯한데 아주 가까워져, 6개월 동안 두 번이나 중국에 와서 함께 지내다 갔다는 것, 남자가 바람좀 피우는 게 대수로울 건 없지만 고 사장이 회사 일에 소홀해졌고, 여자는 유부녀인 것 같은데 그 남편이 알게 되면 고 사장이 큰 곤욕을 치르지 않겠느냐는 것이었다. 그 여자는 아이를 중국에 보내 중국어 공부를 시켜 보겠다는 핑계로 중국을 드나드는 것 같다는 얘기까지 해 주었다.

신분을 전혀 밝히지 않았는데 필경 남편회사의 직원임에 틀림없었다. 남편에게 미움을 산 간부거나 회사를 진심으로 걱정하는 직원이었을 것이다.

전화를 받은 날부터 주희는 잠을 제대로 자지 못했다.

— 내가 왜 북조선을 탈출했는가?···. 단순히 배가 고파서인가?···. 그것이 제일 절실했지만 그에 못지않게 고난을 무릅쓴 이유가 있지 않은가 ···. 사람답게 살아야 한다는 것.

그녀가 겪은 바로는 북조선에서 사람대접을 받는 사람은 당과 군 간부뿐이었다. 아니, 당과 군 간부도 인민의 대접은 받지만 자기네들끼리는 감시하고 의심하고··· 사람답게 숨 쉬며 사는 것이 아니지 않은가 ···.

그녀는 고등중학교를 마치던 해 이유도 모른 채 수용소(노동교화소)로 끌려갔다.

나중에 안 일이지만 6·25 전쟁 때 국군이 평양까지 올라간 적이 있는데 그녀의 할아버지가 국군을 도운 일이 있다는 게 뒤늦게 밝혀졌기 때문이라는 것이다. 그녀는 할아버지 얼굴도 모른다. 그리고 몇십 년 전 일 아닌가. 이제 새삼스럽게 그게 밝혀졌다는 것은 필경 모함이 있었거나 다른 사연으로 트집을 잡힌 것이라고 주희는 생각했다.

　주희는 아버지 어머니와 함께 세 식구가 살다가 노동교화소로 함께 끌려갔다. 처음엔 함께 지냈는데 몇 달 후 세 식구는 흩어져야 했다. 아버지는 석탄광산이 있는 교화소로, 어머니는 또 다른 곳으로, 주희는 군 피복공장으로 옮겨진 것이다.

　수용소 생활은 인간사회가 아니었다. 수용소에서 탈출미수자나 불평분자는 공개총살을 당했는데 총살된 시체는 가족에게 돌려주지도 않았다. 가마니에 넣어 트럭에 싣고 가 어딘가에 묻어 버리는데 장소를 가족에게 알려 주지도 않는다. 제사도 못 지내게 한다.

총살처분은 관리소장(수용소 소장)의 권한이고 결과는 상부에 보고하지 않아도 되기 때문에 통계조차 잡히지 않는다. 수용자들은 공민권이 박탈됐기 때문에 호적이고 이민반적(동적)이고 없다. 개를 죽이는데 무슨 보고가 있고 제사가 있는가.

주희는 수용소생활 3년 동안 두 번이나 공개처형을 15m 거리에서 눈으로 보았다.

―나는 사람으로 살기 위해 죽음을 무릅쓰고 탈북하지 않았는가. 내가 남편에게서 아내대접을 받지 못한다면 그것은 내가 사람대접을 받지 못하는 것이 아닌가…. 잠자리를 여러 번 했지만 그것은 내가 사람대접을 받은 게 아니라 암컷대접을 받은 게 아닌가….

생각을 너무 깊이하지 말자… 하면서도 이 생각 저 생각으로 잠을 설쳐야만 했다.

김주희는 이혼을 해야겠다는 마음을 먹은 후, 자기

가 고광호와 어떻게 결혼했는지를 새삼스럽게 거슬러 생각했다.

　─그 남자는 나를 사랑했는가?…. 분명히 그는 내게 잘해 주었지만 그것은 사랑이 아니라 동정, … 탈북자에 대한 동정이 아니었는가…. 결혼 후에도 그가 내게 건네는 말은 장래애기, 아들 동수의 교육애기, 하다못해 TV드라마 애기 따위는 없었다. 가장 많이 들은 애기는 "이거 처음 보지?", "이거 처음 먹어 보시?"였다. 신혼여행을 갔던 창춘의 식당에서도 노상 "이거 처음 먹어 보지?"였다.

　동수를 데리고 할머니 집에 가면 시어머님도 먹을 것을 내놓으면서 "이거 처음 먹어 보지?"라고 하는 게 질색이었다.

　─나를 아프리카에서 온 어느 추장의 딸 정도로 생각하나 … 하는 생각을 몇 번이고 했다. 함경도의 가자미식해나 강원도의 수수부꾸미를 처음 먹어보는 사람에게 그것은 한국음식이기 때문에 입에 안 맞을 수가

없다. 그런데 동수 할머니는 떡이나 전을 내놓으면서도 "이런 거 먹어 봤나?"라고 강냉이죽만 먹고 산 사람 취급을 하는 게 속상했다.

— 나는 고광호라는 남자와 왜 결혼을 하게 됐을까?…. 조금이라도 사랑한 것일까?…. 사랑이란 무엇일까…. 며칠을 안 보면 보고 싶고, 함께 보내는 시간이 한없이 행복해, 나중에도 그 생각이 자꾸 떠오르고… 그것이 사랑이 아닐까….

고광호는 내게 잘해 주었다. 그것이 고마웠다. 그를 만나는 시간이 행복하지는 않았지만 나쁘지는 않았다….

그래서 김주희가 내린 결론은 '나는 외로움에 지쳐 결혼하게 된 것이다'였다.

그녀는 결혼하기 전 정말 외로웠다. 직장이 있긴 해도 대부분의 사람이 그녀를 평범하게 대해 주지 않았다. 감정이 통하지 않는 여자, 동정을 받아야 할 여자로 대했다. 마치 이방의 흑인처럼 대한다고 주희는 몇 번이고 느꼈다.

결혼 후 남편 고광호가 대하는 것도 비슷했다. 이렇게 좋은 아파트에서 잘 먹고 잘 지내게 되지 않았느냐는 시혜심리가 바닥에 깔려 있는 게 틀림없었다. 시혜(施惠)나 수혜(受惠)는 사랑과 아무 상관이 없을 텐데….

— 그 남자는 시혜하기 위해 결혼했는가 …. 아이도 만들어야 되겠고, 생활의 편안함도 도모하고… 결혼함으로써 불효도 씻고…. 다목적으로 결혼할 마음을 먹었으리라는 짐작이 가면서 주희는 "나는 그 수단이었을 뿐"이라는 생각에 이르렀다.

김주희는 남의 부부생활을 곁에서 볼 기회가 없었다. 그래서 아버지 어머니를 생각해 보았다.

두 분에게는 화젯거리가 별로 없었을 것 같았다. TV드라마도 없고, 밖에서 식사를 하는 경우도 없고, 기껏해야 아는 사람의 결혼 잔치에 참석하는 게 고작이었다.

그래도 두 분은 다정했다. 문득 어느 봄날이 떠올랐다.

울타리 밑 야생화 위를 맴도는 노랑나비 흰나비를 보고 아버지 어머니 두 분은 그렇게 즐거워할 수가 없었다. 마루에 걸터앉은 아버지는 "나비가 우리 집에 날아 들어온 걸 보니 좋은 일이 있을라나 보다"라고 하셨고 옆에 앉은 어머니는 "좋은 일이 뭐 있갔시오…. 나비를 이렇게 보는 게 좋은 일이디"라고 하셨다. 그리곤 아버지는 어릴 때 잠자리와 나비를 잡으러 들판을 돌아다니던 얘기를 들려주었고, 어머니는 냇가에서 송사리는 잡지 않았느냐고 물었지. 어머니의 이 물음에 아버지는 대답을 않고 계속 나비 얘기를 하셨지….

"내가 인민학교 다닐 때 선생님이 소설 얘기를 하나 해 주셨어. 〈나비 잡는 아버지〉라는 제목의 소설인데, 지주와 머슴의 아들이 함께 나비잡기를 하다가 지주아들이 잡은 나비를 머슴아들이 놓아주었다는 기야. 지주아들이 집에 돌아와 울고불고해서 지주가 머슴에게 나비를 잡아오라고 했다는 거디. 그래서 머슴은 아들 대신 나비를 잡으러 들판을 뛰어다녔다는 기야. 그때 선생님 말씀은 남조선 같은 계급사회에는 아직도 나비 잡는 아버지 같은 인생이 있을 것이라고 하더라."

초등중학교를 다니던 주희는 곁에서 이 말을 듣고 "아빠는 인민학교 때 일을 어떻게 그렇게 기억하시디요?"라고 물었던 기억이 아지랑이처럼 아련히 떠올랐다. 참으로 정겨웠던 시간이었다.

아버지 어머니는 그렇게 정을 나누었던 거지…라는 생각을 10년이 더 지난 지금 떠올리게 된 것이 주희에게는 신기하게 느껴졌다. 그리곤 지금 자신의 부부생활을 돌이켜 보았다. 남편은 어릴 적 얘기, 고향얘기를 한 번도 해 본 적이 없고 북조선에선 어떻게 어린 시절을 보냈느냐고 물어본 적도 없다. 헐벗고 굶주린 것으로 알고, 부끄럽고 괴로울까 봐 묻지 않은 것으로 치부해 버렸다.

주희는 몇 번이고 생각했다. 잘 먹고 편히 사는 것도 중요하지만 풍요로움보다는 정겨움이, 배려보다는 관심이, 동정보다는 공감대가 더 중요한 게 아닐까 ….

그래서 주희의 마음은 이혼쪽으로, 계속 쏠려갔다.

주희가 결론을 내리는 데는 시간이 걸리지 않았다. 결론을 내린 것이 아니라 중국전화를 받은 지 사흘 후에 결론이 주희를 끌어간 것이다. 결론은 '이혼'이다.

주희는 남편이 중국에서 돌아온 다음날 남편에게 이혼애기를 꺼내려 했으나 하루 이틀 더 신중히 생각하기로 했다. 너무 경솔히 얘기를 꺼냈다가는 될 일도 안 될 것 같고, 혹시 나중에 후회할 일은 없겠지… 하는 걱정도 적지 않았다. 그 걱정은 주로 아들 동수의 장래 때문이었다.

주희는 입맛도 잃은 채 이틀 동안 고민했다. 아무리 고민해도 방향은 바뀌지 않았다.

주희는 이런 얘기를 들은 적이 있다. 남녀관계에서 최종의 결정권은 남자 아닌 여자에게 있다고. 남자는 여자보다 적극적이기 때문에 연애에서 결혼, 결혼이후의 부부생활도 남자가 주도하기 때문에 남자에게 결정권이 있는 듯하지만 여자가 승낙하고 받아주지 않으면 아무것도 안 된다는 것이다.

— 그래 결정권은 내가 갖는 거다. 그 결정은 이혼이다.

주희는 자신을 나비에 비유해서 이런 저런 생각을 한 적이 몇 번 있었다.

— 내게 돈이 있었나, 가족이 있나 … 지금까지 살아온 길이 대견스럽게 생각되었다.

— 나비에게 무슨 힘이 있나. 그러나 가냘픈 날갯짓으로 그 나비가 북조선에서 남조선까지 강인하게 날아오지 않았는가. 캘리포니아의 나비는 어느 철이 되면 멕시코까지 날아가 거기서 알을 깐다지 않는가. 나도 남조선까지 날아와 동수를 낳은 나비다 ….

— 남쪽에 내려온 나비가 굶는 문제를 해결하는 데

는 별로 힘이 들지 않았다. 동수를 낳았을 때는 너무 행복했다. 그러나 한때는 허세와 거짓에서 자기를 지켜 사람대접을 받는 것이 쉬운 일이 아니라는 경험도 겪었다.

— 청담동 가게에서 일할 때도 거들먹거리는 사람을 얼마나 많이 보았나. 돈 많아 보이는 젊은 여자는 여자대로, 남자는 남자대로 가게 직원을 종 대하듯 거들먹거리지 않았나….

— 나는 공민권을 박탈당한 조선인민이 아니라 당신과 똑같은 대한민국 국민이라는 긍지를 가지고 그들을 대했지만 가게 판매원이라는 것 때문에, 탈북자라는 때문에 그들이 괄시하는 말투는 주희에게 공개처형 비슷한 고통이었다.

— 나는 고광호의 호적에 오른 고광호의 처다. 내가 아내의 대접을 받지 못한다면 그것은 사람대접을 받지 못하는 것이 아닌가….

— 나를 사람대접하지 않는 사람을 피하면 나는 자

유로운 사람이다…. 힘은 없지만 멀리 날 수 있는 나비다… 라는 생각으로 고민을 끝냈다.

고광호는 주희가 그렇게 당돌할 줄 몰랐다. 할 얘기가 있다며 마주 앉더니 대뜸 이혼얘기를 꺼냈다.

"당신에게 여자 생긴 것 알아요. 회사도 좀 어렵게 돌아가고 있다고 짐작으로 알고 있어요. 회사가 어려워지는 것은 두 여자를 거느리느라 힘이 들어서 그럴 거야요. 당신 장래를 위해서도 그렇고, 나는 좀 자유롭게, 사람대접 받으면서 살고 싶어서 헤어지자는 거야요. 헤어져도 친척처럼 지낼 수 있지 않겠어요? 동수 아비노릇은 그대로 하고, 키우는 것은 내가 하고…. 곧 변호사를 찾아가 이혼 소송을 낼 작정이야요."

고광호는 뒤통수를 정통으로 맞았다.
"별안간에 그런 얘기를 들으니 멍—해지는구면. 동수 생각은 안 해 봤나?…."

멍—해졌다는 얘기는 솔직한 말이었다.

"어쨌든 한 달이건 두 달이건 시간 좀 달라고. 나도 생각 좀 해 봐야지…."

길지 않은 대화가 끝난 후 고광호는 의문스러운 게 너무 많았다. 잠을 이루지 못할 지경이었다.

— 회사가 어려워졌다는 것은 어떻게 알았을까?…. 이혼문제를 누구와 상의했을까?…. 변호사?…. 위자료를 많이 요구하겠다는 얘긴가?…. 위자료를 많이 요구하려면 내 행각의 증거가 있어야 하는데… 누가 제보를 해 주었나?…. 내가 의심쩍어서 흥신소에 부탁을 했나?…. 북에는 흥신소가 없을 텐데, 흥신소에 부탁하는 것은 어떻게 알았을까?…. 가끔 만나는 친구 남현주와 이혼문제를 상의했나?…. 그 여자는 딱 부러지게 똑똑했지…. 생각은 끊이지 않았다.

1년 전쯤인가? 고광호는 가까이 지내는 후배로부터 이혼문제를 의논한 적이 있다. 아주 의연하게 충고를 해 주었었는데 내가 이혼문제에 부딪치다니….

그 후배는 고등학교 때 농구부에 같이 있어 줄곧 가까이 지내 왔다. 그 부인도 몇 번 만난 사이다.

그 후배가 이혼을 생각하게 된 이유는 두 가지였다. 부인이 교회에서 여러 남자들 간에 인기가 있는 것 같더라는 것. 그중 한 남자와 가끔 만나는 것 같았는데 그것을 추궁하니까, 만난 적은 있지만 아무 일도 없었다고 잡아떼더라는 것. 그 이후로는 아내 꼴도 보기 싫고 잠자리도 끊었다는 것이다.

두 번째 이유는 미국에 살고 있는 자기의 첫 번째 애인에게 가서 여생을 마치고 싶다는 것이다. 그 첫 애인은 대학생 때 어느 미팅에서 만나 조금 사귀다가 헤어졌는데 3년 전에 서울에서 우연히 만나 데이트를 몇 번 했다는 것. 그 여자는 남편과 사별해 지금은 직장에 나가면서 혼자 살고 있다는 것. 3년 동안 한 달에 한 번 정도 계속 전화를 해 왔다는 것이다.

고광호는 후배로부터 이런 얘기를 듣고 황당한 친구

라는 생각부터 들었다. 그래서 몇 가지를 추궁했다.

"이혼 소송을 내겠다는 거야? 아니면 와이프가 이혼에 동의할 것 같다는 거야?"

"이혼 소송까지 안 갈 겁니다. 재산을 정리해서 딱 반을 쪼개 헤어지자고 하면 와이프도 동의할 겁니다."

"재산을 모두 정리하면 얼마나 되는데?…."

"살고 있는 빌라하고, 주식 조금하고를 정리하면 10억은 좀 넘을 겁니다."

"그걸 반으로 쪼개 봐야 6~8억 정도라는 거 아닌가? 그게 그렇게 큰돈이야? 또 아이는 어떻게 하고…."

"아들 하나 있는 놈은 미국에 있는 제 이모 집에서 중학교 다니고 있어요. 학비가 얼마 드나요? 대학까지는 내가 대 줘야지요."

"미국에 있는 여자는 같이 살겠대?"

"사실은 내주에 내가 미국에 가려고 해요. 그 문제를 의논하려구요."

고광호가 듣기에 이 후배의 말은 어설프기 짝이 없

고 황당하기 이를 데 없었다.

"그 여자하고는 이미 자 봤나?"

"자 보지는 않았지만 잔 거나 다름없어요. 전화로 별의별 얘기를 다 하니까요. 내가 같이 자고 싶다면 호호 웃지요…. 네 목소리를 들으면 내 몸 한구석이 딱딱해진다면서 호호 웃지요…."

"이런… 이런…. 답답한 얘기로군. 남녀관계는 물리적 육체적 관계가 아니라 화학적 감성적 문제야. 여사들하고 키스를 해 봐. 다 달라. 화학적 감성적 결과야. 전화로 할 말을 다 하는 사이라고 여생을 함께해? 무슨 그런 말이 있나…. 그리고 돈 7~8억을 가지고 미국에서 뭘 어떻게 하겠다는 거야. 자넨 지금 체육단체에서 사무국장을 하고 있지? 미국에서 7~8억으로 무슨 가게를 차리겠나? 사업을 하겠나?…. 그 여자가 아마 당신을 우습게 볼 거야…."

고광호는 내친김에 아주 단호히 얘기했다.

"이 나이에 이혼이라니…. 그러지 말고 이렇게

해…. 와이프 하고는 남매처럼 살라구. 그런 사람이 많아…. 그러다가 감정이 동하면 다시 부부처럼 살고…. 미국에 있는 여자는 그냥 애인이라고 생각하면 되지 않아…. 1년에 한 번이고 두 번, 아니면 2년에 한두 번 만나는 애인으로 삼으면 되지…. 이렇게 하라구. 이번에 미국 가서 그 여자를 만나면 같이 살자는 얘기는 꺼내지 말고 며칠 동안 여행이나 함께하라구…. 경비는 모두 자네가 대야 해…. 그렇게 미국을 다녀와서 여행보고는 내게 해야 돼!"

이 후배는 미국에 다녀온 지 한 달이 지나도 두 달이 지나도 소식이 없었다. 하는 수 없이 고광호가 먼저 전화를 했다.

"미국에 다녀왔을 텐데 왜 보고가 없어…."

그래서 만났고 여행 보고를 들었다.

여행은 주말을 이용해 1박 2일 동안 조금 떨어진 해안도시를 다녀왔다고 했다. 분위기를 보아 "함께 살고

싶다"는 얘기를 꺼냈더니 펄쩍 뛰더라는 것이다. "내게
는 아이도 있고, 형제도 있고… 식구가 몇인데 내가 결
혼하겠다면 미쳤다고 할 것"이라는 것이었다.

이 화제가 있은 후에는 다시 만나지 말자고 하더라는
것이다.

"내 그럴 줄 알았어. 같이 살자는 얘기는 꺼내지도
말라고 했지?"

고광호는 1년 전 일을 떠올리며 한숨을 쉬었다.

— 이혼문제를 칼로 베듯이 단호하게 충고했던 내가
내 이혼문제에 직면하다니….

이혼불가론을 펴던 고광호가 자신의 이혼문제에서
는 길을 찾지 못했다.

방향 없이 며칠을 고민하던 고광호…. 후배놈은 나
에게 의논했는데… 나는 누구에게 의논하나 … 친구나
후배에게 의논하고 싶지는 않았다. 끝내 이혼을 하게
될지 아닐지는 모르지만 그런 의논은 마치 자신의 치

부를 드러내 보이는 것 같아서 전혀 내키지 않았다.

　그러나 누군가의 조언은 한번 듣고 싶었다. 그래서 떠올린 사람이 사촌형 고 교수다. 철학과 교수인 고 교수는 4촌이긴 하지만 어릴 때 아주 가까이 지낸 친형이나 다름없다.

　다음 날로 사촌형을 만났다. 자기가 바람을 조금 피웠다는 것, 나는 이혼하고 싶지 않다는 것, 무엇보다도 동수 때문에 그렇다는 것, 아이 어미는 어떻게 알았는지 내가 바람피우고 있는 것을 꽤 자세히 아는 듯하고, 이혼 결심을 단단히 한 것 같다는 얘기를 먼저 했다.

　고 교수는 묵묵히 듣기만 했다. 담배만 뻐끔뻐끔 피우며 답답할 정도로 반응을 보이지 않더니 억지로 한 마디 했다.

　"내가 잘 아는 역술가가 하나 있는데 한번 만나 보지 그래. 아주 신통한 사람이야⋯."

　사촌형은 자신의 의견은 하나도 말하지 않았다. 고광호에겐 기분 나쁠 정도로 담담한 표정을 지을 뿐이었다.

고광호는 그 길로 역술가를 찾아갔다. 사촌형이 설명해 준 대로 역술가는 간판을 걸고 점을 치거나 관상을 보는 사람이 아니었다. 주택가의 조그만 집에서 사는 사람이었다.

고광호는 이혼얘기를 꺼내기 전에 사업얘기부터 꺼냈다. 중국에서 봉제공장을 운영하고 있는데… 요즘 사업이 잘 안 되는데… 앞으로 어떻게 했으면 좋으냐고 물었다.

역술가는 동업자가 있느냐, 돈을 댄 사람이 몇 사람이냐고 물었다. 그런 사람이 있으면 한문으로 이름을 모두 적어 보라고 했다. 또 회사의 중요 간부와 주요 거래선도 몇 사람 이름을 적으라고 했다.

고광호에게 동업자는 없지만 회사를 차릴 때 돈을 조금씩 댄 친구가 세 명 있다.

또 회사에는 지배인격인 전무 한 사람 경리상무 한 사람이 있다. 그 다섯 사람 이름을 적었다.

역술인은 그 이름을 들여다보더니 무슨 숫자를 줄줄이 썼다. 한자 이름의 획을 세고, 그것을 더하고, 빼고 하는 듯했다. 그리고 입을 여는데 고광호가 깜짝 놀랐다. 누구는 평생을 같이 갈 친구고, 누구는 당신에게 피해를 줄 사람이고, 누구는 당신에게 무해 무익한 사람이고, 누구는 성격상 당신과 잘 맞지를 않고… 하는데 고광호가 평소에 느끼거나 짐작하던 것과 딱 들어맞는 것이 아닌가.

— 사업에 대해 물었는데 사람 얘기만 하다니… 그렇지! 사업에서의 문제는 사람이야….

— 옳지. 이혼문제도 이 사람 말이면 들어볼 만하겠군… 하는 생각이 바로 머리에 꽂혔다.

긴 말을 하지 않은 채 "아내가 이혼을 생각하고 있는 것 같다"고 했다.

역술인은 부부의 생년월일을 물었다. 아내의 시는 모른다고 했다. 역술인은 이번에 더 많은 숫자를 썼다.

대학노트 크기의 종이 반장쯤에 숫자를 썼다.

고광호의 얼굴을 흘깃 쳐다보더니 역술인이 입을 열었다.

"선생이 이혼을 원하는지 아닌지는 잘 모르겠는데… 결혼 생활이 앞으로 3년 이상 가기는 어려울 것 같소이다. 이혼얘기가 나오면 질질 끄는 게 별로 좋을 것 같지 않아요. 피차 괴롭기나 하지요…."

고광호는 그 이유가 뭐냐든가, 어떻게 이혼을 하는 게 좋으냐를 묻지 않았다.

— 원인은 내가 제공했고, 주희의 성격은 당차고….

— 내가 바람을 피웠는데 그 여자를 정리해도 결국 이혼으로 갈 수밖에 없다는 얘기겠지?… 하는 생각뿐이었다.

고광호는 돈 30만 원을 사례금으로 놓고 그 집을 나왔다. 이 집을 찾아오기 전보다 앞은 더 막막했다.

머리가 멍—한 상태로 이틀인가를 보냈다. 회사 일을 생각하기도 싫고, 동수와 놀아 주는 것도 잘 내키 않았다.

　─그래, 멀리 낯선 곳으로 여행을 떠나 일단 머리를
식혀 보자 ….

　이 생각은 사촌형을 만났다가 헤어질 때 그 형이 한
마디 던진 얘기가 갑자기 떠오르면서 생각한 것이다.
커피숍 문을 나서서 악수를 하며 "며칠 동안 어디 여행
이나 갔다 오지 그래…" 라고 하지 않았나.

　여행생각은 다음날에 진일보했다. 어디로 가야 하
나 … 를 궁리하다가 ─ 옳지, 주희더러 함께 크루즈를
다녀오자고 해야겠군 ….

　─이혼 하고 안 하고와는 아무 상관없이 머리를 식
힐 겸 크루즈를 떠나자면 반대를 안 할지도 모르지….
동수는 할머니에게 맡기면 되니까 ….

　크루즈 여행은 그래서 이루어졌다. 주희는 여행제의
를 받고 처음엔 아무 말을 하지 않았다. 그리고 곰곰이
생각했다. 주희는 크루즈라는 말도 처음 들었다. 남편

에게서 그게 어떤 여행이라는 설명을 듣고야 알았다.

주희는 이혼얘기를 꺼낸 후 착잡한 심경으로 나날을 보냈다.

— 나는 자유를 택하기로 결정을 했지만 어떻게 사는 것이 자유롭게 사는 것일까. 동수를 키우는 재미로 살게 될 것이다. 몇몇 친구도 가끔 만날 것이다. 그것이 자유롭게 사는 것일까?….

남편과의 사이는 어떤 사이가 될 것이며 동수 할머니와는 어떻게 지내야 할 것인가…. 그것은 필경 부자유스러운 관계로 한 가닥 남을 것 같았다.

이런 착잡한 심정을 달래기 위해 넓은 바다를 보며 지내는 크루즈여행도 괜찮을 것 같은 생각이 들었다. 항해 중에 몇 개 도시에 들른다는 것도 마음에 끌렸다.

— 압록강을 건너 중국에서 별의별 고생을 하다가 정글을 뚫어 물을 건너고, 진흙 수렁을 업혀 건너, 다시 트럭에 실려 흙먼지를 쓰고… 몇날 며칠을 감시에 걸릴까 조마조마한 마음으로 국경을 넘고 또 넘어 태

국의 대한민국 대사관에 당도한 날, 울기는 얼마나 울었던가….

　─ 이제 광명 천지에서 큰 유람선을 타고 유럽의 도시를 구경한다…. 아무리 마음에 들지 않는 사람과 함께하는 여행이지만 내 마음을 따로 다스리면 그것이 무슨 상관인가 … 그렇게 하는 게 자유지… 라는 생각에 이르러 여행을 함께 떠나기로 한 것이다.

2
선상의 기적

제이드호의 첫 기항지는 40시간 후 도착한 그리스의 올림피아였다. 하루와 반나절 동안에는 배 안을 구경하는 데 시간을 다 썼다. 대부분의 승객들이 배 구경을 나왔는지 가는 곳마다 사람들이 붐볐다. 배 속은 한 도시였다.

　객실은 4, 5층 일부와 9~11층 전 층일 뿐이고 나머지 공간은 모두 식당과 바, 면세점과 카지노, 예배실과 오락실, 골프연습장과 농구장, 풀과 자쿠지, 극장과 나이트클럽이 차지하고 있었다.

　김주희 눈에 배 안은 딴 세상이었다. 승객은 모두 저마다 '나'이고, '우리'는 없었다. 북조선에서 '나'는 없었다. '우리'뿐이었다. '우리'는 모두 혁명대열에 나서야 했고 '우리'는 모두 위대한 수령과 경애하는 지도자 동지를 받들어야 했다. 그 '우리'는 정을 함께 나누는 우리가 아니라 서로를 경계하거나 의심하는 우리였다. 인민학교에서 대학생까지 모두 교복을 입어야 했고 거리에는 인민복의 남자와 치마저고리의 여자가 많이 눈에 띄었다.

서울은 많이 다르지만 그래도 루이비통과 구찌 백을 든 여자가 많고, 휴일에는 알록달록한 등산복과 주름 잡힌 패딩코트 차림이 좀 많은가.

그러나 배 안의 사람들은 같은 복장이 한 명도 없는 것 같았다. 샤넬과 프라다 백도 눈에 잘 띄지 않았다. 모두가 자기 나름의 '나'로 치장하고 있는 것이 신기로울 정도였다. 또 배 안에서 마주치는 사람은 그것이 식당이건 복도건 모두 미소를 지어 보이거나 인사를 나누곤 하는 '우리'였다. 왜 이렇게 다른 세상이 있는지, 이렇게 다른 세상이 있다는 것을 북조선 사람들이 조금이라도 알게 될 날이 언제쯤 올지 김주희는 안타까울 뿐이었다.

김주희는 학교에서 배우기를, 한글의 우수성 때문에 많은 외국인들이 조선말을 쓰고 있으며, 평양냉면은 세계에서 손꼽히는 음식이어서 어느 나라에서도 냉면을 먹을 수 있다고 했다. 그러나 배 안에서 조선말을 하는 외국 사람은 한 사람도 없는 듯하고 뷔페식당에는 각 나라 음식 수백 가지가 준비되어 있는데 냉면은 없었다.

승객이 전부 저마다의 '나'이기 때문에 김주희의 마음은 편했다. 남편과 식당에서 식사만 같이 할 뿐 별 대화가 없기 때문에 남편이 의자에 앉아 담배를 피우는 동안에는 '나'대로 혼자 이곳저곳을 산보했다. 맥주를 파는 라운지에서는 낮에도 기타나 피아노 연주가 있었고 기념품가게에 들러서는 아들 동수에게 무엇을 사다 줄까 고르는 것이 낙이었다.

첫 기항지에 상륙해 올림피아 박물관과 첫 올림픽이
개최됐다는 올림피아 스타디움까지는 급행전차로 40분
이 걸렸다. 마침 배에서 만나 인사를 나눈 한국인 부부
와 동행하게 되어 김주희 부부는 마음이 편했다.

　　캐나다에서 대학교수로 있다가 정년퇴직했다는 장
박사 부부는 크루즈 여행이 세 번째라고 했다. 배에서
마련한 관광스케줄(Excursion)은 비싸기만 하고 기념품
가게에도 많이 들르기 때문에 피곤하다는 것. 그래서
장 박사 제의대로 기차를 타고 올림피아를 다녀왔다.

　　항구에서 올림피아까지는 그리스의 농촌풍경이 인
상적이었다. 기차 차창 밖으로는 오렌지 과수원과 푸
른 목장이 펼쳐졌다. 다행히 전차에서는 남편과 장 박
사가 나란히 앉고 김주희와 장 박사 부인이 함께 앉아
얘기를 나누었다. 장 박사 부인은 활달하고 붙임성이
있는 여자였다.

　　"서울에 비하면 캐나다도 한적한 편이지만 여기는
정말 한적하고 평화롭네요. 이런 데 와서 살았으면 좋

겠어요.”

“남편께서는 사업을 하시나요? 아직 리타이어하실 나이가 아닌 것 같은데 참 여유 있게 사시네요….”

장 박사 부인은 쉴 새 없이 말을 건네 왔다. 김주희는 될수록 짧게 응대를 했다. 이들 부부와 동행하지 않았으면 남편과 둘이 얼마나 서먹했을까…. 그러나 김주희는 장 박사 부인과의 대화를 되도록 줄였다.

평안도 사투리를 듣고 혹시 탈북자가 아니냐고 묻는 것이 싫었고, 남편과 특히 대화가 없는 것을 이상하게 여길까 봐 걱정이 된 것이다.

올림피아 박물관에서 남편은 담배를 피워야겠다며 숫제 박물관에 들어가지 않았다. 그 남자는 원래 박물관 같은 곳에 흥미가 없는 사람이라는 것을 김주희는 알고 있었지만 여기까지 와서 박물관에 발도 들여놓지 않는 것은 좀 심하다는 생각이 들었다.

박물관에는 고대 로마의 신전에 있던 조각물과 건물 기둥, 투구와 창검이 전시되어 있었다. 제우스신(神)

의 조각과 네로황제 부인의 흰 조각은 너무 아름다웠다.

돌아오는 전차를 타기 전에는 역 근처의 오픈카페에서 커피와 아이스크림을 즐겼다. 남편은 맥주를 마셨다. 김주희는 아이스크림을 먹으면서 또 동수 생각을 했다. 서울에 가면 동수에게 아이스크림을 실컷 사 주어야겠다는 생각을 했다.

장 박사 부부는 알뜰하게 사는 사람들 같았다.

"배에서는 점심을 3시까지 먹을 수 있으니까 밖에서 점심을 사 먹지 말고 배에 돌아가 먹자"는 것이었다.

"저녁은 8시쯤 느지막하게 먹고 아홉시 반부터 공연장에서 열리는 음악회에 함께 가자"고도 했다. 공연은 매일 있었고 레퍼토리는 재즈, 마술, 서커스 등 매일 다른 것으로 바뀌었다. 그 이후로 식사는 거의 장 박사 부부와 함께했다.

장 박사는 아는 것도 많았다.

"우리는 싸게 여행하느라고 바다도 내다보이지 않는

인사이드룸에 있습니다. 한 사람에 7백 달러지요. 11일 동안 7백 달러로 세끼 밥을 먹고, 잠자고 밤마다 공짜로 공연을 보고, 낮에는 당구도 치고 커피 마시면서 피아노 연주를 듣고… 얼마나 쌉니까. 왜 이렇게 싼 줄 아십니까? 선박회사는 다른 것으로 돈을 법니다. 술과 카지노, 면세점과 기념품 가게, 그리고 기항지의 관광안내로 돈을 버는 겁니다."

장 박사에 질세라, 고광호도 아는 척을 많이 했다. 아는 것이라야 노는 것과 먹는 것에 관한 것이었다.

과일과 케이크, 쿠키와 아이스크림 등 후식을 접시에 가득 들고 와 앉으면서 "이 티라미수는 서울에서도 먹을 수 있지만 원래는 이태리의 고전적 디저트지요. 티라미수는 기운을 북돋는다는 뜻이랍니다. 여기가 본고장이니까 많이 드세요. 이태리의 유명한 디저트로는 카놀리라는 게 있는데 그건 이 배에 없네요."

장 박사 부부가 흥미를 보이자 고광호는 신이 났다.

"이건 스콘 아닙니까. 스콘은 영국 것입니다. 전에

영국 귀족들은 하루에 두 끼만 잘 먹고 낮에는 홍차와 스콘을 먹었다는 거지요. 나는 서울에서 아침을 늦게 먹은 날은 커피숍에서 홍차와 스콘으로 점심을 때웁니다. 서울의 고급 베이커리에는 없는 게 없습니다. 독일의 디저트 바움쿠헨, 영국의 요크셔푸딩, 프랑스의 에클레르, 스페인의 커스터드와 캐러멜 푸딩… 이 모든 게 있는 디저트 카페도 여러 군데 있습니다."

"우리는 6, 7년 전에 서울에 갔었는데… 그때는 그런 카페 못 봤는데…."

장 박사 부인은 놀랍다는 표정을 지으면서 "고 사장님은 아시는 게 많네요"라고 칭찬을 했다.

"저는 먹는 것을 좋아하니까요…"라는 건 고광호의 솔직한 대답이었다.

어쨌거나 장 박사 부부 덕분에 식사며 공연관람이며가 심심치 않았다.

두 번째 기항지는 아테네였다. 아테네의 항구 피레

우스 항(港)에 도착한 것은 아침 7시였다. 아침식사 자리에서 남편은 속이 편치 않아 자기는 오늘 배에서 내리지 않고 쉴 테니 "이 사람 좀 데리고 다니시지요"라고 부탁을 했다.

김주희는 언젠가는 그러리라고 짐작을 했다. 장염 때문에 속이 불편한 적이 있는 것은 사실이지만 그보다는 카지노에 붙어 있으려고 상륙을 안 하겠다는 것이라고 김주희는 생각했다.

고광호는 배에서 혼자 바빴다. 하루에 두 번씩 골프 연습장에서 땀을 뻘뻘 흘리며 골프연습을 했고, 많은 시간을 카지노에 매달렸다. 게임룸에서는 중국 마작 꾼과 어울려 밤늦도록 마작을 했다. 어느 때는 새벽에 돌아오는 듯했다. 잠자러 방에 돌아오는 것을 주희는 거의 모를 정도였다. 주희가 보기에 남편은 세상을 만난 것 같았다.

그 남자가 바쁠수록 주희는 편했다. 12층 갑판으로 올라가 풀사이드에 앉아서 수영하는 사람들, 자쿠지의 뜨거운 물에 몸을 푸는 사람들을 구경하는 것이 낙이었고, 검푸른 바다를 내다보면 모든 시름과 걱정이 사라지면서 마음의 평화를 즐길 수 있었다. 간혹 "이혼을 하면 내가 어떻게 살아야 할지를 걱정해야 하는데 이렇게 태평해도 되나?" 하는 생각이 들기도 했지만 "어떻게 되겠지…" 하는 마음으로 돌아가 한없이 편안했다.

아테네에서도 장 박사네는 관광스케줄에 따라가지 않았다. 김주희와 셋이 시내 투어버스를 타고 아크로폴리스와 파르테논(신전)을 구경했다. 2층 버스에서 내려다보는 아테네의 시가지는 아름다웠다. 가로수는 오렌지 나무였다. 신기한 것은 풍성하게 열린 오렌지를 따 먹는 사람이 아무도 없다는 것이었다.

김주희는 또 고향 남포 생각을 했다. 남포거리에 오렌지 가로수가 있으면 오렌지가 남아날까. 아마 익기도 전에 오렌지가 없어질 것이다. 볼이 움푹 들어간 야윈 얼굴, 누렇게 뜨고 몸은 삐쩍 마른 누더기옷…. 이런 사람들은 오렌지 한두 개로 기운을 차릴 것이 아닌가 …. 아테네의 오렌지 가로수 밑에는 다 익어 떨어진 오렌지도 눈에 띄었다.

투어 버스에 탄 관광객들은 카메라와 휴대폰을 꺼내 연상 사진을 찍어 댔다.

북조선에서는 기차나 버스에서 창밖의 풍경사진을 못 찍게 되어 있는데…. 하기야 사진을 찍은들 가는 곳마다 혁명구호와 초상화와 그리고 수령의 동상뿐인데…. 심지어 등산길 바위에도 '전설적 영웅 김일성 장군 만세'라는 글자가 새겨져있지 않은가. 아테네에서는 플래카드와 초상화는 눈을 씻고도 볼 수가 없었다.

김주희가 남포와 아테네를 비교하는 데에 정신이 팔려 있는데 옆에 앉은 장 박사 부인이 쿡쿡 찔렀다. "저기 봐요. 삼성의 갤럭시 간판이 있네요. 조금 아까는 LG TV가게가 있었는데…."

김주희는 오렌지 가로수를 보느라 그 건너의 간판은 하나도 눈에 들어오지 않았다. 조금 있다가 장 박사 부인이 또 얘기했다.

"저기 현대차가 있네요. 기아차도 가끔 눈에 띄드
만 …."

남포와 아테네…. 그리고 아테네에 진출한 한국의
제품들 …. 김주희는 야릇한 감회에 젖어 있었다.

그날도 점심은 배에 돌아와 먹었다. 저녁에는 풀사
이드에서 바비큐 서비스가 있었다. 12층 데크는 온통
잔치 분위기였다. 거기서 김주희는 기적과 마주쳤다.
죽을 때까지 만나지 못할 것은 물론 소식조차 알 수 없
을 것으로 생각한 마종구를 만난 것이다. 마종구는 고
등중학교 동창생이다. 김주희는 가끔 마종구를 생각
했었는데 지중해의 크루즈 선상에서 만나다니. 그것
은 기적이었다.

우연히 마주친 두 사람은 각기 눈을 의심했다. 말을
잊은 채 한참을 서로 쳐다보았다. 심장도 멎은 듯했다.

마종구는 요리사 복장이었다. 바비큐에 쓸 야채와 고

기를 주방에서 들고 나오다가 김주희와 마주친 것이다.

아마 10초는 더 지났을 것이다.

"이거… 주희 아냐?"

"와 아냐!"

"이게 어떻게 된 일이야…"라며 종구는 주희 손을 잡고 싶었지만 두 손에는 음식재료가 들려 있었다. 주희는 종구 가슴에 와락 안기고 싶었지만 침을 한번 꿀꺽 삼키고 참았다.

— 이게 정말 웬일인가…. 주희와 종구는 이웃동네에 살았다. 반은 달랐지만 중국어 회화반 그루빠(그룹의 북한말)에서 자주 만나고 서로 좋아하는 것을 눈빛으로 알고 있었다.

졸업하기 반년 전쯤인가. 가을이었다. 하굣길에서 만난 두 사람은 종구의 제의로 바다쪽을 향해 산보를 했다. 한참동안 말없이 걷다가 종구가 먼저 입을 뗐다.

"나는 오래 전부터 너하고 산보하고 싶었는데… 오늘에야 산보를 하네…."

주희는 생긋 웃기만 했다.

"우리 자주 만나자우. 사람이 사람을 좋아하는 게
뭐 나쁜 긴가…. 사람들이 보면 어때…."

"그렇디요."

그래서 두 사람은 졸업 때까지 열 번은 만났을 것이다.

두 번째 만나던 날은 뱃사람들이 끓여 파는 섭죽(홍
합죽)을 사 먹었다. 섭죽은 남포의 명물이다. 서해갑
문을 시찰 오는 높은 사람들에게는 꼭 이 섭죽을 대접
한다.

종구는 언젠가 주희와 함께 섭죽을 사 먹으리라는
생각으로 돈 얼마를 호주머니에 챙겨 놓고 다녔었다.
아마 몇 달은 되었을 것이다.

"너하고 같이 섭죽을 사 먹으려고 오래 전부터 계획
하고 있었디…."

종구는 돈을 꼬깃꼬깃 갖고 다녔노라는 얘기까지 실
토했다.

하루는 미리 약속한 날 약속한 시간에 만났다. 저녁

8시쯤, 바닷가의 어우름터에서는 피도섬에 있는 서해 갑문 기념탑 머리의 등대 불빛이 멀리 깜박이고 있을 뿐 인적도 없었다. 바다 건너 남쪽은 황해남도 은율인데 반딧불 같은 불빛이 서너 개 보였다. 마을의 불빛인지 어선인지는 분간이 안 되었다. 둘은 손을 잡고 긴 나무의자(벤치)에 앉았다.

"나는 졸업하면 군대를 가게 되겠지만 주희는 뭐 할 끼야?"

"글쎄… 어디 취직해야 할 텐데 학교나 인민위원회에서 어디 정해 주겠지…."

"졸업 후엔 우리가 어떻게 만나지?"

"무슨 수가 있지 않갔어?…. 멀리 떨어져 있으면 편지라도 할 수 있고… 군대에서는 휴가가 있을 테니… 그때 만나고…."

"휴가가 있다는 말을 못 들었거든 … 병이 나면 모를까 …."

"병이 나면 안 되디… 만나지 못하드라도 병은 나지

말아….”

　이때 종구는 주희를 와락 껴안았다. 한참을 껴안고 있었다. 두 사람의 숨소리가 두 사람 귀에 확실하게 느껴졌다.

　종구는 손으로 주희 가슴을 더듬기 시작했다. 주희는 거부하지 않았다. 종구의 왼손은 주희를 휘어 감았고 오른손은 주희의 가슴에서 치마 속으로 내려왔다 따뜻한 손은 팬티 속까지 침입했다. 몇 번을 더듬다가 큰 한숨을 내쉬면서 손을 뽑았다.

　“주희는 이런 거 없지?…”라며 이번에는 주희 손을 끌어 자기 아랫도리로 끌어갔다. 어느새 바지 단추를 끌러 맨살을 만지게 했다.

　“아이 참…”이라며 주희는 딱딱한 맨살을 한번 만져 보고 손을 뽑았다.

　그렇게 세 번을 만났다.

　그리고 이별은 바로 닥쳐왔다. 졸업 후, 종구가 군대 가기 전까지 또 만나기로 했으나 졸업식이 끝난 지

열흘쯤인가, 주희는 부모와 함께 마을에서 사라졌다.

보위부 사람에게 끌려가는 것을 보았다는 사람이 있었지만 종구는 주희네가 어디로, 왜 사라졌는지 알아볼 틈도 없이 군에 입대했다. 벼락을 맞은 듯한 심정으로 훈련부대에 입대했다.

훈련을 마치고 두만강변의 경비부대에 근무하는 중에도 주희 생각을 안 한 적이 없었다. 섭죽을 함께 먹던 것, 나무의자에 걸터앉아 껴안고 있던 일을 그림처럼 떠올리곤 했다. 군대 생활에서 그 시간만이 행복한 시간이었다.

그것이 몇 년 전인가!…. 주희는 살았는지 죽었는지…. 살아 있으면 어디서 무엇을 하고 있을까…를 요즘도 가끔 생각을 하곤 했는데 크루즈 선상에서 주희를 만나다니!…. 종구는 펄쩍펄쩍 뛰고 싶었다.

종구는 근무 중이라 주희와 오래 얘기를 나눌 수가 없었다.

"그래 어디서 온 기야?"

"서울에서."

"용케 서울에 갔구나. … 이 여행은 누구하고 왔지?"

"…나, 결혼했어. 남편하고 왔어. 서울에는 세 살 난 아들이 있고…."

주희는 기어들어 가는 목소리로 대답을 했다. 그런 대답은 하고 싶지 않았지만 질문에 대답을 안 할 수도 없고… 거짓말을 할 수도 없었다.

"그런데 아들은 왜 안 데려왔지?"

"…저… 나중에 천천히 얘기할 텐데… 이번 여행이 사실은 이별여행이야…. 좀 우습게 들리지? 내가 이혼하자고 했거든… 그랬더니 머리 좀 식히러 여행을 하자더군. …머리를 식혀 봐야 내 결심은 바뀌지 않아 … 그래서 좋다고 해서 왔지…."

종구는 이 말을 듣고 좀 어리벙벙했다. '이별여행'? … 무슨 소설 제목 같기도 하고… 이혼하기로 했는데 무슨 여행이라니….

종구는 항해스케줄을 자세히 알고 있다. 앞으로 일주
일 동안 주희와 한배에 있다는 것만으로도 흐뭇했다.

"내가 식당에서 일할 때 만나게 될 거야. 그때 모르
는 척할 수도 없고 하니… 남편에게 내가 인사를 한번
하는 게 어떨까?"

종구는 주희가 어떤 놈이랑 결혼했는지 얼굴도 보고
싶어서 그렇게 얘기했다.

"그렇게 하지 뭐… 저녁에 일을 마치고 우리 방으로
찾아오지 그래…."

그날 저녁 안으로 주희네 선실로 찾아가기로 하고
헤어졌다. 헤어지기 전에 종구가 애타게 얘기했다.

"우리 다시 만나서 얘기나 실컷 했으면 좋겠는데…
언제 만나지?"

"종구가 시간 있을 때 내 방으로 연락해. 나는 언제
고 시간을 낼 테니까 …."

그래서 두 사람은 그 반가운 만남을 3분도 넘기지
못하고 우선 헤어졌다.

종구는 음식 재료를 내려놓고 풀사이드에 있는 그릴 BALI HAI의 주방으로 돌아갔다. 주희는 잠시 갑판에 서 있었다. 바비큐 주변은 잔칫집 분위기였지만 주희는 데크의 유리창가로 갔다. 그러나 바다가 눈에 들어오지도 않았다. 정신이 멍했다. 종구를 만난 것은 너무나 뜻밖이고… 긴 얘기도 못한 채 헤어져 마치 꿈에서 깨어난 기분이었다. 궁금한 것도 너무 많은데….

— 필경 군대를 다 마치지 않고 탈북했을 텐데… 고생을 얼마나 했을까?…. 지중해의 유람선 선원이 되기까지는 사연도 많고 곡절도 많았겠지…. 또 종구는 결혼을 했을까?…. 어떤 여자와 했을까 ….

머지않아 그 많은 얘기를 나눌 시간이 있겠지…. 정신이 든 주희는 갑판을 떠났다.

그날 저녁 9시가 지나 종구는 주희의 선실로 갔다.

노크 소리를 듣고 주희는 종구리라 짐작을 했다. 주희는 바로 종구를 남편에게 소개했다. 침대에 누워 있던 고광호는 힘겨운 듯이 일어나 몸을 추슬렀다.

"안녕하십니까. 저는 마종구라고 합네다."

"아 네. 조금 전에 이 사람에게서 얘기 들었습니다. 우선 앉으시지요."

"저희 배에 오신 것을 환영합네다. 두 분은 특별히 환영합네다. 저는 김주희 씨와 고등중학교 동창입네다. 여기서 만날 줄은 꿈에도 생각하지 못했습네다."

"그렇겠지요. …그런데 어떻게 이 배의 선원이 됐는지 참 용하시네요."

"말씀드리자면 아주 깁네다. 차츰 말씀드리기로 하겠습네다. 김주희 씨에게도 아직 얘기를 못했습네다. 고생 고생 끝에… 그래도 도와주는 사람들이 있어 요행을 잡은 겁네다."

"배에서는 무슨 일을 맡았지요?"

"식당에서 일합네다. 주방에서도 일하고 웨이터 노릇을 합네다. 견습생으로 1년 반 있다가 정식 선원이 된 것은 얼마 안 됩네다."

"그렇군요. 어쨌든 반갑습니다. 한배에 있으니까 자주 만나게 되겠네요."

"네. …그런데 저는 아직 할일이 있어 곧 나가 봐야겠습네다. 아마 또 자주 뵙게 될 겁네다."

이렇게 인사말만 나누고 종구는 돌아갔다. 고광호와 마종구가 길지 않은 시간 인사를 나누는 동안 김주희는 전에 느껴 보지 못한 아주 이상한 감정에 빠져 있었다.

― 한 남자는 남편, 한 남자는 옛 애인…. 남편과는 몸을 섞었고 애인과는 정을 섞었지…. 남편과의 사이에는 아들 동수를 낳았는데, 종구와의 사이에는 무엇을 낳았는가?…. 그렇지! 아름다운 추억을 낳았지…. 동수는 영원한 내 아들. 나는 그 애를 위해 일생을 바치기로 마음먹었지. 그리고 종구와의 추억은 그 동안 수십 번 수백 번을 되씹었고 그 추억은 앞으로도 내내 영원하겠지….

두 남자의 인사말은 색깔도 체온도 못 느낄 그렇고 그런 말 … 김주희에게는 그 대화가 귀에 잘 담기지 않았다. 야릇한 감정에 빠져 귀뿐이 아니라 눈에도 들어오는 것이 없었다. 마종구가 돌아가야겠다며 일어서 나갈 때 비로소 그 감정에서 깨어났다.

갑판에서 마종구라는 동창생을 만났다는 얘기를 주희에게서 들었을 때 고광호는 긴말을 하지 않았다.

"아주 반가웠겠구먼. 그 친구는 어떻게 탈북했는구?"라고만 말했다.

마종구가 선실에서 돌아간 후에도 고광호는 긴 말을 하지 않았다.

"그 친구 참 운이 좋구먼, 어떻게 이런 호화선의 선원이 됐지?"라고 혼잣말 하듯이 중얼댔다.

주희가 제대로 말 상대해 주지 않을 것을 알기 때문에 으레 혼잣말하듯이 얘기하는 것에 익숙해진 것이다. 그리곤 선실은 다시 침묵의 바다에 빠졌다. 주희는 그것이 마음 편했다. 서울에 돌아갈 때까지 남편의 속이 계속 안 좋아 내내 침대에 누워 있었으면 좋겠다는 생각을 주희는 했다.

마종구를 만난 날, 주희는 저녁 늦게 잠자리에 들었
으나 마음이 설레 잠을 이룰 수가 없었다.

— 나라는 외로운 나비가 크루즈에서 꽃을 만났다.
반갑고 향기로운 꽃을…. 그러나 머물지 못하는
꽃!… 맴돌면서 마음만 머물게 될 꽃….

그녀의 설레던 마음은 허전한 들판으로 오락가락 했
다. 이럴 때 그녀는 아들 동수를 생각하며 간신히 마음
을 수습할 수 있었다. 전에도 몇 번인가 그런 적이 있
었다.

— 귀여운 동수가 요즘 어떻게 지낼까…. 엄마를 찾
으며 울고불고하지는 않을까…. 떠나올 때, 네 장난
감을 사러 좀 멀리 갔다 온다고 했는데 얌전히 장난감
을 기다리고 있을까…. 할머니와 아이 보는 여자가 잘
놀아 주고 있을까….

— 동수는 비행기와 불자동차를 좋아하지…. 돌아
갈 때는 여객기, 전투기 장난감과 조립형 불자동차 큰

것 작은 것… 여러 개를 한 보따리 사야지… 하는 생각을 하며 잠을 청했다.

배에서는 서울로 전화도 가능하다. 그러나 아빠 엄마를 찾는 동수 마음을 덧들일까 봐 전화는 일체 하지 않기로 남편과 얘기한 바 있다.

전화라도 한번 해서 동수 목소리를 듣고 싶은 생각이 간절했으나 그럴 수도 없어 안타까운 마음에 잠을 이룰 수가 없었다. 동수 얼굴이 어른거리는 통에 거의 뜬눈으로 밤을 새웠다.

한잠도 자지 못하기는 마종구도 마찬가지였다.

― 그동안 주희를 생각하고 지내 온 세월은 몇 해인가….

그는 주희를 만나게 되리라고는 한 번도 생각하지 못했다. 그리고 지나온 시간을 다시 더듬었다. 어제 일, 한 달 전 일처럼 생생하게 떠올랐다.

종구는 두만강 국경 수비부대에 있을 때, 살고 싶은

의욕을 잃었다. 강변에 배치된 경비 중대는 두만강을 몰래 건너 왕래하는 장사꾼이나 탈북자에게 돈도 받고 먹을 것도 받아 재미를 조금 보는 모양인데 종구는 두만강에서 멀리 떨어진 정비중대에 있었다.

이름이 정비중대지 정비할 차량이나 무기는 별로 없었다. 하는 일은 매일 산중턱을 일궈 농사를 짓는 일과 산을 헤매며 약초를 캐는 일이었다.

처음엔 부대밭[화전(火田)의 북한말]터를 갈아엎는 일이었기 때문에 힘이 덜 들었지만 잡목이 있던 산중턱의 나무를 캐어 내고 밭으로 일구는 일은 여간 힘든 일이 아니었다. 또 약초는 그리 흔한가…. 어떤 나무, 어떤 풀이 약초라는 것을 교육은 받았지만 하루 책임량을 정해 주는 데는 미칠 지경이었다. 농사지은 옥수수와 푸성귀는 부대식량에 쓴다지만 평양에 보낸다는 약초는 왜 그리 닦달을 하며 캐라는지…. 밥을 넉넉히 먹여 주지도 않고 하루 종일 산속을 헤매게 하니… 차라리 편안히 죽고 싶다는 생각을 안 할 수가 없었다.

2년을 그렇게 지내고 나서 종구는 번뜩 탈영을 결심했다.

　—어디로 가나?…. 방향은 중국밖에 없지…. 비렁뱅이로 살더라도 지금보다야 낫겠지….

　누군가와 함께 탈북을 하면 여러 가지로 보탬이 될텐데… 그것을 의논할 상대가 없었다. 섣불리 의논했다가 들통이 나면 발도 못 떼 보고 수용소행이라는 것을 종구는 잘 알고 있었다.

　결국 혼자 나서야 한다는 생각을 굳혔다. 그렇게 마음먹은 지 한 달이 채 안 돼 하늘이 종구를 도왔다. 마침 두만강변의 경비중대로 심부름을 가게 된 것이다.

　정비중대에서 경비중대까지는 6㎞ 떨어져 있었다. 손을 본 소총 열 자루와 박격포 두 대를 차량으로 옮겨주고 돌아오는 길에는 약초가 있을 만한 산지를 살펴보고 오라는 중대장의 심부름이었다. 약초의 책임량을 다 하고 있는 몇 안 되는 병사 중 종구가 뽑힌 것은 천행이었다.

─기회가 왔구나 …. 종구는 임무를 지시받고 바로 궁리를 했다. 어떻게 운전병사를 따돌리고, 어떻게 강을 넘고….

총포를 경비중대에 넘겨주고, 약초가 있을 만한 데를 찾아보겠노라며 중대 부근을 한 시간쯤 돌아보고 왔다. 운전병사에게는 "마땅한 곳이 눈에 띄지 않더라"면서 나무와 풀이 우거진 강변도 좀 돌아봐야겠디고 했다. 소형 트럭은 중대를 나와 강변길을 따라 3~4㎞를 갔을 때 종구는 차를 세워 달라고 했다.

잡목이 우거진 곳이었다. 잡목들 사이로 강물이 보일 듯 말듯 했다. 날은 어스름하게 어두워 가고 있었다.

종구는 차에서 내려 잡목 사이로 들어서기 전부터 약초를 찾는 듯이 땅을 살피는 척했다. 머리는 밑으로 숙였지만 눈은 멀리에라도 경비초소가 있는지를 살폈다. 잡목들 사이에 들어서서는 검불을 헤치며 열심히 걸었다. 트럭에서는 멀리… 강으로는 가까이…. 아마

20분 남짓 열심히 걸었다.

두만강은 하류쪽 강폭이 좀 넓지만 좁은 곳은 20m 밖에 안 된다. 경비중대가 있는 삼봉의 강폭은 40∼ 60m 정도다. 가뭄 때 물은 깊어야 무릎까지 차고 비가 많이 왔을 때는 강폭도 넓어지고 수심은 어른 목까지 찬다. 강 건너 멀리 불빛이 아물거렸다. 아마 카이산 툰(開山屯)일 것이라고 짐작했다. 바로 맞은편쪽은 캄 캄했다.

종구는 부대를 떠나기 이삼 일 전부터 지도를 열심히 들여다보았다. 삼봉은 회령(會寧)과 온성(溫城)의 중 간쯤이고 두만강 전체로 보면 동북쪽으로 3분의 2쯤 되 는 지점이었다. 카이산툰에서 룽징(龍井) 옌지(延吉) 투먼(圖們)까지는 세 방향으로 비슷한 거리 같았다.

종구는 옷을 벗어 돌돌 말아 어깨에 지고 엎드린 자 세로 강물로 들어섰다. 옷가지를 머리에 이고 가슴까 지 물에 잠긴 채 걸었으면 좋으련만 수면은 배까지밖 에 차지 않았다. 그래도 무릎을 조금 굽히고 걷는 게 안전하리라는 생각이 들었다. 그러자니 40여m밖에 안 되는 물을 건너기에 무척 힘이 들었다. 4월 말이지만 물은 무척 찼다. 한기가 뼛속까지 스며들었다.

힘이 들고 한기가 오는 것은 둘째다. 중국 경비병에게 들키지 않기 위해 잔뜩 주위를 살피다 보니 너무 긴장한 탓인지 머리가 굳어 버린 것 같았다. 마침 구름이 두껍게 끼어 달빛은 없었다.

긴장은 이상한 물체를 강물에서 보고 난 후 더 심했다. 반쯤 물에 잠겨 서서히 떠내려가는 것은 필경 사람의 시체였다. 몸은 퉁퉁 부었는지, 원래 체격이 큰지는 모르지만 어쩌면 탈북하다가 경비병의 총에 맞아 죽었을 것이었다. 강이 깊지 않으니까 강가로 밀려 있다가 다시 떠내려가고… 아마 총에 맞은 지 여러 날이 되지 않았을까 싶었다.

— 아… 두만강은 비극의 강이로구나… 하는 생각을 하며 종구는 시체에서 바로 눈을 돌려 계속 걸었다.

— 설마 누가 총을 쏘지 않겠지…. 아니 붙잡혀서 다

시 송환되느니 차라리 총에 맞아 죽어버리지… 라는 생각을 되풀이해서 생각하다 보니 어느새 도강은 끝났다.

두만강의 중국쪽 강가에는 철조망이 있다. 종구는 조금이라도 엉성한 철망을 찾아 마치 훈련하듯이 엎드려 포복이 아니라 누워 포복으로 철망을 넘었다. 오래된 철조망이라 녹이 슬어서 그런지 철조망을 들춰 올리는 것이 생각보다 힘들지 않았다.

철조망을 따라 자동차길이 있었지만 20~30분 사이에 자동차는 두 대밖에 지나가지 않았다.

종구는 눅눅하게 젖은 바지와 윗도리를 뒤집어 입었다. 뒤집어도 군복 티가 났지만 내복 바람일 수는 없었다. 뒤집은 군복은 보기에 따라 허름한 작업복 같기도 했다.

— 이제 잡히고 안 잡히는 것은 운명이다. 지옥 같은 곳을 빠져나오는 데 일단 성공하지 않았나…. 종구는 가슴을 펴고 크게 숨을 몇 번 쉬었다. 그제야 굳어졌던 머리가 풀려 제정신으로 돌아온 듯했다. 발길은 길가

와 풀숲을 드나들면서 카이산툰쪽으로 향했다.

카이산툰은 조그만 국경 마을이지만 북조선의 삼봉과 마주해 밀수꾼들이 자주 오가는 곳이다. 한동안은 먹을 것을 찾아 강타기(도강)를 하는 북조선 사람이 많았지만 지금은 일자리를 찾아가거나 밀수하기 위해 강타기를 하는 사람이 많다.

그러다 보니 돈을 받고 강을 건네주는 사람, 중국쪽에서 돈을 받고 월경자를 받아서 도와주는 사람이 연결된 조직적 방식이 등장했다. 종구는 중국 땅에서 도우미를 만나도 건네줄 돈이 없었다. 그러니 사람을 피해 다닐 수밖에 없었다.

날이 가는 것을 헤아릴 수도 없었다. 잠은 주로 버스 정류장의 기다림터(대합실의 북한말)에서 자고, 식당 문밖의 쓰레기통을 뒤져 끼니를 때우기도 하고, 장터에서 무거운 짐을 옮겨 주기도 했다. 장터에서 사람들과 몇 마디 나눌 수 있던 것은 그나마 학교 때 중국어

회화 그룹빠에서 중국어 공부를 조금 했기 때문이다.

길이나 장터에는 비렁뱅이 행색이 간혹 눈에 띄었다. 제복을 입은 중국공안은 먼 발치에서부터 피해 다녔다. 비렁뱅이 노릇을 아마 보름은 한 것 같다. 마음씨 좋은 조선족도 더러 있었다. 북조선에서 오지 않았느냐고 묻는 사람도 있었다. 그럴 때는 그때그때 형편에 따라 "부뙤이"(否對, "아니오"라는 중국말)라고도 하고 못들은 척 귀머거리 행세를 하기도 했다.

보름을 지나는 동안 종구는 배운 것이 하나 있다. 떠돌이건 비렁뱅이건 옷이 깨끗하고 세수도 말끔히 해서 행색이 초라하지 않아야 굶지 않는다는 것을 알게 되었다.

어느 조선족이 헌 잠바를 하나 주었다. 그것을 얻어 입은 후로는 한결 지내기 수월했다.

경비중대에 심부름을 가게 되었을 때 종구는 하늘이 자기를 도왔다고 생각했는데 또다시 하늘의 도움을 받았다.

장마당에서 허드렛일을 하던 중 우연히 탈북자 지원 단체에서 일하는 사람을 만나게 된 것이다.

"북조선에서 왔지요? 나를 겁내지 말고 잠자코 따라오시오, 하나님의 집, 교회로 가는 겁니다."

교회지하실에서는 일주일을 묵었다. 첫 사흘 동안에는 꽤나 까다로운 신문을 받았다. 왜 탈북했느냐, 어디서 어떻게 넘어왔느냐, 근무하던 경비 중대의 정확한 위치를 말하라, 중대장 이름과 계급을 대라. 그 부대 이외에는 근무한 곳이 없느냐, 가족사항은? 어디 가서 무엇을 할 작정이냐?…. 하루에 서너 시간의 신문을 받았다.

사흘째는 이틀 동안 물었던 것을 되풀이 했다. 거짓 대답을 했을까 해서 다시 묻는 듯했다. 거저 먹여 주고 재워 주는 사람들이니까 아주 성실하게 자세히 대답했다. 이 사람들이 끝까지 도와줄 것 같은 생각이 들어 더욱 그러했다. 어디로 가서 무얼 하겠냐는 물음에는 아주 멀리 떨어진 곳으로 가고 싶다고 했다. 남조선으로 가거나 중국에 머물 생각은 없다고 솔직하게 말했다.

　이 생각은 두만강을 건너기로 결심했을 때부터 했었다. 남조선에서는 돈 있는 사람이나 사람 행세를 하고, 돈 없는 사람은 돈 있는 사람의 종처럼 산다지 않는가. 남조선 사람들이 북조선 사람보다 잘 산다는 것은 돈 있는 사람의 얘기라지 않던가. 인민군 생활도 군인생활이 아닌 노예생활이었는데 돈 한 푼 없는 놈이 무슨 수로 사람 행세를 할 수가 있겠나 … 싶었다.

　남쪽으로 가면 정보부에서 조사를 받겠지…. 그러나 내가 무슨 군사정보를 갖고 있겠는가. 남조선 정보부에 아무런 도움을 못 준다면 나는 아무런 대접도 받지 못할 것이라는 생각이었다.

　중국에 머물 생각이 없었던 것은 언젠가 탈북자임이 밝혀져 조선으로 송환될지 모른다는 두려움 때문이었다. 송환은 생각만 해도 끔찍한 일이다. 차라리 죽는 게 낫다는 생각이었다.

참으로 다행인 것은 심문하는 사람이 어딜 가면 어떻겠느냐, 무얼 하면 어떻겠느냐는 자기의 의견을 전혀 얘기하지 않는 것이었다. 그런 제의가 있으면 어디로 나를 팔아넘기는 것이 아닐까 하는 의심을 가질 것이기 때문이다. 팔려 가면 자유롭게 살 수 있겠는가 하는 생각을 교회 지하실에서 있을 때부터 했었다.

신문관은 60대의 신사였다. 교회 사람이 임 박사님이라고 부르는 것을 한 번 들었어서, 성이 임 씨라는 것을 알았을 뿐, 어떤 사람인지 전혀 알 수가 없었다. 휴대전화 받는 것을 보고는 도무지 정체를 알 수 없는 사람이구나 하는 생각만 들었다. 신문 도중 휴대전화가 울리니 전화를 받으며 신문실 밖으로 나갔다.

그리고 응답의 첫마디는 "헬로"였다. 문을 닫고 나가는 바람에 그 다음에는 우리말을 했는지 영어를 했는지 알 수 없었다.

멀리 가고 싶다고 했지만 구체적으로 어디라고는 꼭

집어 생각한 적이 없다. 영국도 좋고 인도도 좋고 갈 수 있는 곳이 목적지라고 여겼다. 어디 가서 짐을 나르던 땅을 파건 열심히 살면 사람대접을 받을 수 있지 않을까 하는 생각이었다.

교회 사람들은 참으로 친절했다. 일단 몽골로 가서 유엔 고등판무관을 만나 보도록 하라며 울란바토르의 고등판무관 사무실 주소를 알려주었다. 거기서 먼 곳으로 가는 방도가 생길지도 모른다는 얘기다.

여러 날을 먹여 주고 재워 주고 몽골 국경까지 데려다 주고 하늘에서 내려온 천사 같은 사람들이었다.

"이 은혜를 어떻게 갚아야 합니까?…."

몽골로 가는 차 속에서 임 박사에게 감사의 뜻을 말했다. 그 사람의 대답은 미리 준비하고 있었다는 듯이 바로 나왔다.

"두 가지로 꼭 보답해야 합니다. 하나는 어디에 가든 자리를 잡으면 탈북자를 돕는 일에 힘을 보태야 합니다. 그 방법은 여러 가지 있을 테니까 잘 연구해 보고,

두 번째는 교회에 나가는 일입니다. 성경공부도 열심히 하고 방황하는 사람들을 교회로 인도하십시오."

'임 박사'로 불리는 사람은 조그만 중고차를 손수 운전하고 우리말 중국말 영어를 다 했다. 중국 사람에게는 유창하게 중국말을 했고, 걸려 오는 전화에는 우리말과 영어를 섞어 통화했다. 종구는 영어를 못 알아듣지만 말하는 투가 가족, 그것도 아이들과 대화하는 듯한 그런 느낌이었다. 재미교포인가 하는 생각도 늘었다.

하늘이 돕는다는 말은 이런 것을 두고 하는 말일까. 마종구는 고등판무관실에서 면담을 끝내고 열흘 후 국제난민증을 받았고, 그날 저녁에는 갈 곳이 생긴 것이다. 국제난민증은 유엔고등판무관이 발급해 주는 세계의 시민증과 같은 것이다. 국적은 없지만 신분증과 여권의 효력을 갖는다.

국제난민증을 받고 채 흥분을 가라앉히기 전에 난민숙소로 한 몽골 사람이 찾아왔다. 유럽에 몇 개 도시를 다니는 유람선에서 일할 의향이 있느냐는 것이다. 인력공급회사의 직원이라고 자신을 소개한 사람이 조선말 통역을 통해 하는 말은 이러했다.

1년 동안 배에서 기거해야 한다는 것, 1년 후에 정식 선원으로 채용된다는 것. 1년 동안은 교육을 받으면서 잡무를 하게 된다는 것, 그 기간은 얼마간의 임시 고용수당이 나간다는 것이었다.

이런 설명을 들으면서 종구는 상상도 할 수 없는 행운이 어떻게 내게 오는가. 카이산툰의 교회지하실에 머무는 동안 저녁 예배에 3번 참석했다. 교회 예배는 처음이었다. 기도하는 시간에 종구는 머리를 숙이고 눈을 감은 채 간절한 마음으로 기도했다.

— 하나님 불쌍한 저를 먼 곳으로 편안히 갈 수 있게 해 주십시오. 열심히 성실하게 살겠습니다.

그 밖에는 바랄 것도 없었다. 교회에서 이런 기도를 했기 때문에 하느님이 나를 돕는 게 아닐까 하는 생각도 들었다. 그러나 인력공급회사 직원의 제의를 냉큼 응낙하는 것은 모양이 좋을 것 같지 않았다. 그래서 몇 가지를 물었다.

"1년 후에 정식으로 채용될 가능성을 얼마나 있는 겁니까?"

"지금까지의 예를 보면 90%가 넘습니다."

"유람선은 어느 나라 배입니까?"

"선적은 노르웨이고 순항기지는 이태리 로마입니다."

"거기에 어떻게 떠나야 됩니까?"

"원한다면 내일부터라도 수속을 시작해 2∼3일 안에 떠날 수 있지요."

언제까지 로마로 오라면 난감한 일이다. 돈도 없고 수속을 어떻게 해야 하는지도 모르는 일이었다.

이렇게 해서 제이드호에 오른 것은 2년 전이다. 첫 1년 동안 한 일은 청소였고, 교육은 영어, 이태리어의 기본회화였다. 약속보다 반년 늦게 선원으로 임용됐고, 배치는 식당이었다. 일주일에 9시간은 보타이를 매고 웨이터로 일하고 나머지 시간은 디시 워시(*Dish*

Wash, 설거지)가 일이었다. 웨이터는 수습으로 하는 것이다. 중국인 승객이 늘면서 중국말을 하는 웨이터가 필요하다 보니 중국말을 더 공부하는 조건으로 종구를 웨이터로 옮겨 주기로 되어 있다.

3
남포의 추억

마종구를 만난 후 김주희는 크루즈 여행에 오기를 참 잘했다는 생각을 했다.

서울에서 남편의 제의를 받아 여행을 떠났지만 "내가 괜히 왔지?"하는 후회를 한두 번 한 것이 아니다.

"내가 미쳤지. 이혼하기로 마음먹은 남자와 여행이라니…" 하는 생각도 했었다.

그러나 마종구를 만나고서는 여행 온 것은 너무너무 잘한 일이라고 자찬을 했다. 마종구를 만난 후 배 안의 생활은 행복했다. 짬짬이 그를 만나 얘기를 나누는 것도 기다려지는 일이고 마종구와 같은 배를 타고 있다는 것부터가 즐거운 일이었다.

김주희는 짬이 있을 적마다 12층 갑판의 풀사이드로 나갔다. 별로 갈 데도 없는 데다가 훤히 트인 바다를 내다보는 게 좋았고 무엇보다도 마종구를 만날 수 있어 좋았다.

두 사람이 어쩌다 마주쳐도 길게 만나지는 못했다.

"배가 기항할 때 함께 상륙할 수 있으면 좋갔는데…."

"우리는 비번일 때 기항지에 내릴 수 있는데… 그러지 않아도 함께 상륙할 수 있는 시간을 내 보려고 하는 중이야. 우리는 하루 10시간 근무고, 나는 시간외 근무를 3시간 하고 있어. 또 직무교육 1시간, 영어교육 2시간을 거의 매일 받기 때문에 비번 시간을 내기가 쉽지 않거든…."

마종구는 처음에 청소 일만 했다. 갑판청소, 객실복도 청소, 조타실 기관실 청소, 각종 위락시설 청소… 일거리는 끊임없었다.

제일 궂은일은 청소와 버스보이(식당에서 식사 후의

식기를 나르는 일). 6개월 동안 청소와 버스보이 일을 마치고는 주방에 배치되었다. 주방에서 처음 하는 일은 디시 워시(설거지)와 야채, 감자 등을 다듬는 일이다. 3개월 후에는 디시 워시와 웨이터 보조를 겸했다.

1천 명이 넘는 선원 중 쉬핑 파트(항해) 선원을 제외한 대부분의 선원은 호텔 파트 직원이었다. 식당과 바, 매장과 위락시설관리, 하우스키핑, 그리고 엔터테이닝이나 관광 접수 직원이었다. 이들 직원은 열흘마다 같은 직종에서 일터를 옮기고 3개월마다 직종을 바꾸기 때문에 선원 교육은 일주일에 사흘씩 있었다.

마종구가 살펴보니 선원 가운데 한국 사람, 일본 사람은 없었다. 필리핀과 인도 출신이 많은 편이었다. 한국·일본·중국에서 영어가 되는 사람은 고급인력이기 때문에 크루즈 선박회사는 숫제 그 3국에서는 선원 모집을 하지 않는 모양이었다. 마종구가 몽골에서 채용 계약을 맺게 된 것은 저임금 때문인 것 같은데 그것은 천행이었다.

마종구는 6개월의 수습기간 중 수당을 월 2백 달러 받았다. 수습이 끝난 후의 초임은 8백 달러였다. 첫 3년은 1년에 20％씩 봉급이 오르기 때문에 시간외 수당을 합치면 3년 후에는 월급이 2천 달러가 넘는다는 계산이었다.

　　마종구는 이 배에 근무하면서부터 결심한 바가 있다. 최소 5년 동안은 다른 생각 전혀 하지 말고 열심히 일하기로 마음먹은 것이다. 약간의 잡비가 들 뿐 먹고 자는 것에 돈이 들지 않기 때문에 월급은 전액 저축할 수 있다. 5년 동안 눈 딱 감고 일을 해서 1만 달러를 손에 쥔 후 앞으로 어떻게 살 것이냐를 생각하기로 한 것이다.

　　배가 터키의 이스탄불에 도착하기 이틀 전, 마종구는 12층 데크를 헤매 김주희를 찾았다. 이스탄불에서 함께 배에서 내리자는 것이었다. 김주희는 이 말을 듣고 너무 좋아 어쩔 줄을 몰라 했다. 어떻게 시간을 보내자는 얘기는 나누지 못했다. 그날 밤도 주희는 잠을 자지 못했다.

식당에서 장 박사네와 식사를 나눌 때 장 박사는 이스탄불에서의 계획을 이미 길게 늘어놓았다.

"이스탄불에서는 가 볼 곳이 많아요. 블루모스크라는 사원, 소피아 성당, 보스포루스 해협도 가 봐야 하고, 이스탄불의 유명한 시장 그랜드 바자르도 가 봐야 해요. 터키 사람들은 한국을 형제의 나라라고 해요. 6·25 때 참전을 했거든요. 16개 참전국 중 미국 영국 캐나다에 이어 네 번째로 많은 병력, 1만 5천 명을 보내 준 나라입니다. 그래서 한국 사람들에겐 아주 친절합니다.

6·25에 참전한 터키군은 일화를 하나 남겼습니다. 정전이 되고 포로를 교환할 때 터키군 포로 2백 명은 전원 생환했습니다. 왠지 아세요? 터키 사람들은 친척 간 우의가 좋기로 으뜸이고 친구간의 의리가 끈끈합니다. 터키군을 포로로 한 중공군이 터키군인들을 아무

리 회유해도 넘어가지 않았다는 거지요. 서로 감싸고, 의리를 지키고 하는 통에 포로 전원을 송환했다는 거지요.

캐나다에 있는 터키식당 주인도 한국 사람들에겐 유별나게 친절합니다. 그 사람들은 6·25를 역사로 배웠고 말로만 들었지요. 그런데 우리한테 그렇게 친절합니다."

다른 기항지에서는 돈을 거의 안 썼는네 이스탄불에서는 돈 좀 쓰겠다는 애기를 장 박사는 덧붙였다.

이런 설명을 들은지라 김주희는 한편으로 걱정이 생겼다. 올림피아에서 내린 후 남편은 다른 곳에서 내릴 생각을 안 했는데… 혹시 이스탄불에서 내리겠다면 어쩌나 …. 마종구까지 일행이 다섯 명이 되어 함께 어디 움직이기도 불편하지만 무엇보다도 마종구와 애기를 나눌 기회기 없을 것 같아 그것이 걱정이었다.

그러나 그것은 기우였다. 이스탄불에 도착한 날, 아침식사 자리에서 남편은 배에서 쉬겠다고 했다. 보나

마나 카지노에서 시간을 보낼 속셈이 분명했다.

김주희는 마종구가 이스탄불에서 우리와 동행하겠다더라는 얘기를 남편에게 하지 않았다. 미리 얘기를 하면 배에서 안 내릴 것도 마음을 바꿀지 모를 일이고, 마종구와 동행하게 되면 아침에 갑자기 비번시간을 만들어 합류한 모양이라고 둘러댈 작정이었다.

김주희는 장 박사 부부와 함께 배에서 내렸다. 마종구를 기다리는 동안 김주희는 선원으로 있는 고등학교 동창생을 우연히 만나 오늘 이스탄불에 같이 가기로 했다고 장 박사 부부에게 마종구를 소개했다.

"아 … 한국인 선원이 있었군요. 함께 다니면서 선원 생활 얘기를 들으면 재미있겠네요."

그러나 김주희는 길게 얘기하지 않았다.

"일이 많아서 곧 배에 돌아가야 되나 봐요. 나는 그 사람과 커피숍에서 얘기나 하다가 배에 돌아올래요."

그래서 장 박사 부부와는 마종구가 배에서 나오기

전에 부두에서 헤어졌다. 이제 마종구와 단둘이 호젓하게 다니게 된 것이다.

내릴 승객이 거의 다 내린 후 마종구가 배에서 나왔다. 마종구는 주희가 혼자 자신을 기다리고 있는 것을 보고 남편은 어디 갔느냐고 물었다. 몸이 안 좋아 배에서 쉬겠다더라고 했더니 그의 얼굴이 확 펴지는 듯했다.

부두를 벗어나자 김주희는 마종구의 팔짱을 끼었다. 마종구는 팔짱 낀 주희의 손등을 몇 번이고 쓰다듬었다.

"나도 이스탄불에 내려 본 적이 없는데… 얘기를 들어보니 그랜드 바자르를 꼭 들러 보라더군. 다른 명소는 그림엽서나 관광안내 책자에 다 나오는데 그랜드 바자르는 장터가 돼서 그림엽서에 잘 안 나온다는 거야. 나는 4시간밖에 시간이 안 되니까 그 장터 구경이나 잠시하고 어디서 점심이나 하면서 얘기나 하자구…."

"나는 장터구경 안 해도 돼. 우리, 어디 가서 얘기나 하지 뭐."

"그래도 이스탄불에 왔으니까 한 군데만 들르자구. 장터 구경하면서 애기하면 되지…."

그래서 두 사람은 바로 택시를 탔다. 택시비는 15달러였다.

두 사람은 택시 속에서도 손을 꼭 잡고 있었다. 할 애기, 들을 애기가 많은데 무슨 말부터 해야 할지 몰랐다. 우선은 말이 필요 없었다. 그냥 손을 잡고 오래 있고 싶었다.

꾸물대던 하늘은 가랑비를 뿌리기 시작했다. 두 사람은 택시에서 내리자마자 비닐우산 하나를 사서 둘이 정답게 받았다. 큰길에서 그랜드 바자르 입구까지는 100m쯤 되는 것 같았다.

여자는 후각이 예민한가. 주희는 택시 속에서 그랬듯이 팔짱을 끼고 우산을 함께 쓰고 걸으면서 남포의 어우름터에서 느꼈던 종구와 체취를 느꼈다.

우산 속에서 김주희는 마종구의 얼굴을 쳐다보며 입을 열었다.

"군대에 갔다가 어떻게 해서 로마까지 오게 된 거야?"

"얘기를 하자면 하루 24시간으로도 모자라. 짧게 얘기 하자면 두만강 근처 부대에 배속되어 있었는데 군대 생활이 하도 지긋지긋해서 목숨을 걸고 탈영해 중국으로 갔지. 거기서 교회 사람의 도움을 받아 몽골로 갔고 거기서 국제난민증을 받았지. 마침 노르웨이의 선박회사가 몽골의 인력공급회사를 통해 선원을 모집했는데 몽골 사람을 모집한 게 아니라 국제난민수용소에 있다가 국제난민증을 받은 사람 가운데서 모집한 것 같아. 나는 혼자 고용계약을 했고 로마에도 나 혼자 왔지. 선박회사에서 비행기표를 대주었고….

그런데 주희는 어떻게 탈북을 했지? 우리가 졸업한 직후에 주희네 식구가 몽땅 없어지지 않았나 …. 동네 사람 얘기로는 공안원들이 데려갔는데 노동교화소로 끌려갔을 것이라더군. 물론 이유는 아무도 모르고…."

"내 얘기도 다 하려면 하루가 모자라. 나는 부모님과 함께 노동교화소에 끌려갔는데 처음에는 세 식구가 함께 있었어. 석 달 후에는 뿔뿔이 갈라놓더군. 탈출하려던 사람이나 불평분자는 가차 없이 총살이야. 그래서 나도 죽음을 무릅쓰고 교화소를 탈출했지. 얼마간 호주머니에 숨겨 두었던 돈은 중국에서 탈북자를 돕는 사람에게 다 바쳤지. 그리고 밀림과 강과 산을 넘어 어느 나라 국경인도 모를 국경을 세 군데나 넘어 태국의 대한민국 대사관에 당도한 거야. 거기 올 때까지의 고생은 다시 생각하기도 싫어. 남조선에 와서는 어느 가게에 취직이 되어 일하다가 결혼을 하게 됐지."

"남편은 뭐하는 사람이야?"

"중국 창춘에서 봉제공장을 하고 있어."

"그런데 왜 이혼할 생각을 한 거야?"

"그 남자가 중국에서 바람을 피웠어. 같이 살다시피 한 것 같아. 나는 사람대접을 안 하는 거야. 우리는 배고파 탈북을 했지만 어디 그것뿐인가? 사람답게 살기 위해 죽음을 무릅썼는데 사람대접을 제대로 못 받으면 또 다른 길을 찾아야 하는 거 아냐? 내가 종구 씨를 만나 보는 것도 그 길 중에 하나일 테고… 호호."

그랜드 바자르는 동대문시장이나 금남시장 같은 시
장이 아니었다. 금은방과 가죽제품 가게가 많고 액세
서리 가게, 과자 가게도 많았다. 특히 금은방은 서울
종로의 금은방과는 류가 달랐다. 누런 황금조각, 목걸
이, 팔찌는 눈을 황홀하게 했다.

물건을 살 것도 아니고 품질을 챙겨볼 것도 아니어
서 기웃거리지도 않고 시장의 중앙통로를 그냥 지나갔
는데 마종구가 한 장신구 가게 앞에서 걸음을 멈춰 섰
다. "우리가 만난 기념으로 주희에게 팔찌를 하나 사
주고 싶다"는 것이었다.

물건들이 비싸 보이지는 않았다. 가게 주인은 대뜸
나와 "안녕하십니까"라고 우리말로 인사를 했다. 장 박
사 말대로 형제나라 한국 사람에겐 각별히 친절한 듯
했다.

마종구가 팔찌와 목걸이를 이것저것 들춰 보니까 가

게 주인은 "메이드 인 차이나" 어쩌고저쩌고 하는 것 같았다. 마종구 얘기로는 영어로 이 가게에는 '메이드 인 차이나'가 하나도 없다고 주인이 말한다는 것이었다. 가짜, 저질의 중국제품이 얼마나 터키에도 밀려 들어왔으면 중국제가 아니라고 강조하며 장사를 하나 싶었다.

김주희가 골라서 사게 된 목걸이는 5달러였다. 유리 제품이기는 하지만 그 영롱한 색깔이 보석은 아니라도 인조보석은 돼 보였다. 그랜드 바자르를 관통해 나가니까 전차와 택시가 붐비는 도심이었다. 오픈 카페도 눈에 많이 띄었다. 제일 깨끗해 보이는 카페에서 마종구는 맥주를 마시고 김주희는 커피와 아이스크림을 먹었다.

카페에 아마 한 시간은 앉아 있었던 것 같다. 김주희는 그동안 고생한 얘기는 더 하고 싶지 않았다. 그래서 추억담을 꺼냈다.

"피도섬이 멀리 보이는 남포의 바닷가 그 어우름터는 그대로 있을까?"

"그대로 있겠지. 변함이 있다면 구호판이 붙었거나 지도자인지 뭔지 하는 놈의 동상이 새로 세워졌거나 했겠지…."

마종구는 고생한 얘기를 더 나누기도 싫고, 회고담에도 별로 흥미가 없었다. 관심은 주희가 끝내 이혼을 할 것인지, 이혼 후에는 어떻게 살아갈 것인지 궁금했지만 어떻게 물어봐야 할지 몰라 입을 다물고 있었다.

말수가 적어진 것을 눈치 채지 못할 김주희가 아니었다.

목에 걸린 목걸이를 들어 보이며 "이거 참 좋지? 서울에도 이와 비슷한 게 많지만 질은 이게 훨씬 나은 것 같아. 서울에 가면 이거 150달러 주고 샀다고 그래야지. 누가 사준 건데… 그 값을 치면 천 5백 달러 값어치도 넘지…"라며 두 사람이 웃었다.

"그런데 배 생활은 어때? 종구 씨 같은 혈혈단신은

선원생활에 불편이 없겠지만 가족이 있는 사람은 많이 힘들 텐데….”

“그래서 선원은 원칙적으로 10개월 계약이야. 대부분은 재계약을 하지만 10개월 후 2개월이나 4개월이 지난 후에 재계약을 하는 사람들이 많은 모양이야. 나 같은 놈은 2개월 4개월 후에 재계약하라면 곤란하지. 어디서 어떻게 지내나 …. 배에는 부부가 근무하는 사람도 제법 있어. 간부선원의 부인은 접수나 안내, 혹은 매점이나 갤러리에서 일하는 것 같고. 주방장이나 엔터테이닝 기획자 같은 전문직 아닌 선원의 경우는, 남자는 요리사나 웨이터, 부인은 하우스키핑이나 웨이트리스로 일하는 것 같더군. 선원침실은 2~4층에 있는데 부부는 한방을 쓰게 하더군.”

“그런데 하루에 열 시간 근무하고 시간외 근무에 교육까지 받고 하자면 개인시간이 너무 없어 힘들지 않아?”

“바쁜 게 좋아. 시간이 남으면 뭘하나?…. 바다를 내다보며 주희생각 하는 것밖에 할 일이 있어야지….”

그래서 두 사람은 하하 …호호… 함께 웃었다.

배에서 내린 지 3시간이 된 것 같았다. 마종구는 손
목시계를 두 번이나 들여다보았다.

"점심시간이 됐지만 점심 사 먹을 필요 없지 않아….
배 안에 좋은 음식 얼마든지 있는데…. 그동안 우리는
밖에서 점심을 한 번도 안 사 먹었어. 늦게라도 배에
가서 먹었지…."

"그게 크루즈의 요령이야. 아주 유명한 식당을 찾아
가 비싸게 주고 제대로 식사를 하지 않을 바에야 밖에
서 돈 주고 식사할 필요가 없어. 배에서 얼마든지 입맛
에 맞는 식당에서 골라 먹을 수 있는데… 그럼 천천히
일어날까?"

두 사람은 다시 택시를 타고 배로 돌아왔다. 두 사람
은 택시 속에서 말을 많이 하지 않았다. 둘이 이렇게
시간을 보낼 수 있는 것은 다시 언제쯤일까 … 완전히
헤어질 수는 없는 일인데… 두 사람은 각기 이런 생각

을 하고 있었다.

　마종구가 먼저 입을 열었다.

　"로마에 도착하면 바로 서울로 떠나기는 힘들 테고… 하루쯤 쉬고 돌아가야지?"

　"그렇게 되겠지."

　"로마에는 쓰리꾼과 날치기꾼이 많으니까 조심해야 돼. 뭘 도와줄까요 라고 접근하는 놈은 우선 경계해야 해. 그놈한테 길을 물으면 자기를 따라오라고 해서 한 패거리가 있는 골목길로 들어가거든. 그 한패거리는 가짜 경찰 신분증을 내보이고 관광객의 여권을 보자고 해 놓고 여권을 들고 튄다는 거지. 그렇지 않으면 지갑이나 시계를 뺏어 도망치고…."

　김주희는 이 얘기를 장 박사 부부에게도 해 주었다. 장 박사네는 이미 그와 비슷한 일을 당했었는데 용케 피해는 없었다는 것이다.

　이스탄불을 떠나 돌아가는 배는 꼬박 이틀을 항해하고 나폴리를 들러 로마에 도착할 예정이었다.

김주희는 풀사이드에 무척이나 자주 올라갔다. 바다는 검푸른색이었다. 고향 남포에서도 바다를 많이 보았지만 바다 색깔은 달랐다. 마음이 착잡할 때, 주희는 으레 어머니 아버지 생각을 했었는데 검푸른 바다를 내다보면서도 부모님 생각을 또 했다. 남포에서 살던 집과 동네 길도 떠올랐다.

— 아버지 어머니는 지금쯤 어디에 계실까. 설마 아직껏 노동교화소에 계시지는 않겠지…. 각기 헤어진 두 분은 그 후 만나셨을까 …. 죽일 놈들!…. 무슨 큰 죄를 졌다고 가족을 갈가리 찢어 수용소에 보낸담….

주희는 가슴이 아플 뿐이었다. 아버지는 조그만 조선소의 자재담당 일꾼이었고 어머니는 보육원에서 일했었다. 주희 기억에 특별한 즐거움은 세 가족에게 없었다. 그저 세 식구가 함께 저녁을 먹던 일이 행복한 기억으로 남아 있을 뿐이었다. 개나리 나무가 담장을 대신했던 옆집 옥분이네도 생각났다.

— 그 집은 우리 집보다 어렵게 지냈지…. 저녁때 굴

뚝에서 연기가 오르지 않으면 어머니는 옆집이 저녁을 굶는 모양이라고 걱정을 했었지….

— 당과 인민위원회의 소식을 알리기 위해 집집마다 설치돼 있는 스피커에서는 맨날 '위대한 어버이 수령', '최고 지도자'를 추켜올리는 방송만 나왔지….

즐겁던 기억보다는 지겨운 기억이 더 많은 고향—. 그래도 그 고향이 그리웠다. 아버지 어머니가 혹시 교화소에서 풀려 나왔으면 그 고향에 갔을 테니까 그 고향으로 줄을 대면 혹시 부모님 소식을 알 수 있으련만… 무슨 수로 고향에 줄을 대나….

주희는 결혼 초, 남편에게 중국에서 북조선에 왕래하는 사람이 있을 테니 남포쪽 소식을 알아볼 수 있는 사람을 찾아봐 달라고 했으나 그런 사람 찾기가 어렵더라는 대답뿐이었다.

주희에게 고향은 아득한 꿈속의 마을일 뿐이다. 그녀는 생전에 고향에 갈 수 있으리라고 생각해 본 적이 없다. 생각을 안 해 본 것이 아니라 그것은 불가능하다고 믿고 있다. 북조선은 철조망을 겹겹이 치고 있는 고장, 단단한 자물쇠로 잠긴 고장이어서 아무도 드나들 수 없는데 내가 어떻게 그 고향에 갈 수 있겠는가…하는 생각을 주희는 몇 번인가 했었다.

주희네는 친척이 아무도 없었다. 외삼촌 한 사람이 함흥 어디엔가 산다는 얘기는 들었지만 한 번도 만나본 적이 없다. 철조망은 북조선 안 도처에도 있기 때문에 남포와 함흥의 왕래, 남매와 처남 매부간 왕래도 수월치 않다.

날씨가 흐려지면서 에게해의 바다 색깔은 거의 검은색으로 변해갔다.

갑판에서 바다를 보던 주희는 불현듯 고등중학교 때 읽었던 소설이 생각났다. 〈불타는 대양〉이라는 제목의 소설이었다. 주희는 지금까지 소설이라고는 이 한 권밖에 읽은 것이 없다. 북조선에서는 고등중학생이건 대학생이건 소설을 접할 기회가 거의 없다.

주희의 학급 친구 중에 아버지가 남포에서 수로안내원(파일럿)으로 일하던 친구가 있었는데 그 아이가 〈불타는 대양〉을 가져와 친구들이 모두 돌려 보았다.

그 소설은 이라크에서 기름을 싣고 오던 유조선 '구월산호'가 페르시아만에서 기뢰에 부딪쳐 불이 났고 선원들은 구명정을 타고 무인도에 이르러 일주일 동안 고생하다가 구조되는 줄거리였다.

주희 기억에 그 소설을 읽고 무척 감동을 받았었다. 중동전쟁에 파견됐던 미군(평화유지군)이 부설한 기뢰 때문에 배에 불이 난 것에 분개했고, 무인도에 있을 때 미군 직승기(헬리콥터의 북한말)가 날아와 구호식품을 주면서 '자유세계'로 데려다 주겠다고 했지만 선원들은 미제국주의자 놈들이 주는 구호식품을 발로 걷어차 거절하고, 조국의 품으로 데려다 주면 몰라도 다른 곳이라면 안 가겠다고 했다는 데에 감동했었다.

더욱 감동적인 것은 위대한 영도자 김정일 장군이 총국장(총정치국장)을 불러 수단방법을 총 동원해 선원들을 수색, 구조하라고 지시해, 늦은 밤이고 새벽이고 간에 매일 채근했다는 대목이었다.

소설은 결국 인근의 대사관에서 직승기를 동원해 선원들을 찾았고, 선원들은 "경애하는 김정일 동지 만세!"를 목이 터지도록 외쳤다는 것으로 소설은 끝났다.

주희 기억에 이 소설을 읽고 많이 울었다는 친구도 있었다. 주희 자신도 눈물을 흘렸는지는 기억이 안 나지만 크게 감동했던 것은 뚜렷이 떠올랐다.

그러나 주희는 스스로 생각해도 자신이 이제 많이 변했다. 무인도에서 물도 제대로 못 마시고 식량이 없는데 어떻게 구호식품을 발길로 차겠는가…. 미군은 이들을 일단 육지로 이송하지 않았을 리가 없지 않은가…. '위대한 지도자'를 추켜올리기 위한 교화 문건이지 그것이 무슨 소설인가… 하는 생각을 했다.

즐겁지도 않은 기억에 사로잡힐 때, 그 약은 아들 동수 생각이었다.

당초 동수를 데리고 가자는 말을 꺼내지 못한 것은 남편이 "머리를 좀 식힐 겸…" 해서 크루즈를 가자고 했고, 동수를 데리고 오면 가족적 분위기 때문에 혹시 마음이 변하지 않을까 하는 걱정이 머리에 스쳐 갔고, 무엇보다도 크루즈는 어른만 갈 수 있는 것으로 생각했었다. 승객 가운데는 동수처럼 어린아이를 데려온 승객은 없는 것 같았다.

그러나 6~7세쯤 된 아이를 데려온 승객은 눈에 띄었다. 할아버지 할머니가 그런 손자를 데려온 사람도 있는 것 같았다. 그런 아이들은 갑판에서 신나게 뛰어다녔다. 그 아이들을 보고 주희는 동수를 데려오지 못한 것이 큰 한처럼 후회스러웠다. 동수에게 죄를 지은 것 같은 생각도 들었다. 그래서 미안한 생각을 담은 글을 써서 후일 동수가 볼 수 있게 할까 생각을 했지만 자신이 없었다. 크루즈 여행을 오게 된 사연을 중심으로 하고, 올림피아와 아테네에 들렀던 얘기를 써도 좋고 선상생활을 일기체로 써도 좋을 것 같은데 글재주가 없어 엄두를 내지 못했다.

　로마로 돌아가기 전 마지막 기항지 나폴리에서는 역시 장 박사 부부와 함께 셋이 관광을 했다. 장 박사는 이번에도 얘기했다.

　"여러 군데 갈 것 없어요. 택시타고 소렌토나 가봅시다. 우리도 못 가 봤는데 아주 아름답다고 하데요."

　오래전에 나폴리를 화산재로 뒤덮고 많은 건물을 무너트렸던 그 화산을 끼고 돌아, 소렌토까지는 그다지 시간이 걸리지 않았다. 긴 터널을 지나 어느 산모퉁이를 도니 그림 같은 풍경이 펼쳐졌다.

　"저기가 소렌토일 겁니다. 〈돌아오라 소렌토로〉라는 노래로 유명한 소렌토 말입니다."

　국제정치학을 전공했다는 장 박사는 아는 것이 너무 많았다.

　"이곳은 경치가 아름답기도 하고 공예품으로도 유명하지요. 소렌토에서 만든 이태리 가구는 아주 우아합니다.”

　산허리에서 건너다보는 소렌토의 해안은 그림 같았
다. 깎아 자른 절벽은 병풍 같고 그 위에 알록달록 집
들이 있었다. 막상 시내에 들어서니 거리가 깨끗할
뿐, 멀리서 내려다보던 풍치만큼은 못했다. 거리를 걷
다가 카페에 들러 커피와 젤라또를 먹다가 장 박사가
물었다.

　“고 사장님은 몸이 계속 안 좋으신가요? 비싼 여비
를 들이고 이 좋은 경치도 마다하시니.”

　“몸이 못 나올 정도로 나쁜 건 아닌데, 구경 다니는
걸 별로 좋아하지 않아요.”

　“혹시 부부싸움을 하신 건 아니구요?…. 농담입니다.”

　“눈치를 채셨네요. 우리는 늘 싸워요…. 구경을 별
로 좋아하지 않는 게 사실이지만 그 양반은 카지노 같
은 걸 너무 좋아해요. 밤에는 중국 사람들과 어울려 게
임룸에서 새벽까지 마작 하는 날도 하루 이틀이 아닌
걸요. 카지노에서 돈을 또 얼마나 잃겠어요…. 그러니

맨날 싸우지요….”

이번에는 장 박사 부인이 나섰다.

“그러면 서울에서도 카지노나 마작을 즐기시겠네요. 취미가 있다는 게 얼마나 좋은 일이에요. 사람과 어울려서 좋고, 머리를 쓰니까 치매 걸릴 염려도 없고…. 이 양반은 토론토에서 만나는 사람도 없고 취미도 없어서 매일 집에만 있어요. 내가 세끼 밥 해 대는데 미치겠어요.”

“그런 소리 말아…. 내가 언제 세끼를 먹었나?…. 아침엔 토스트 한 쪽이나 먹고… 점심이나 저녁은 나가서 사 먹자고 한 적이 많지 않아….”

장 박사는 부인의 말을 이렇게 반박했지만 웃음을 띤 얼굴로 정답게 응대를 하는 것이었다.

부부 사이가 저렇게 부드럽고 정겨우면 얼마나 좋을까 … 라고 김주희는 부러워했다. 부인도 질세라 다시 나섰다.

“우리가 점심을 사 먹는대야 기껏 맥도날드 같은 데

서 먹는걸요. 교회에 나가면 사람들과 많이 어울릴 수 있어 교회에 나가자고 해도 한사코 안 나가요….”

“맥도날드면 어때. 입에 맞으면 되지. 꼭 비싼 걸 먹어야 맛인가?…. 또 교회도 그렇지…. 신앙심도 없으면서 사람과 어울리기 위해 교회에 나가? 그건 하느님을 섬기는 게 아니라 하느님을 모독하는 거예요. 그렇지 않습니까?”

김주희에게 동의를 구하는 말이었다.

“저는 그런 거 잘 몰라요. 그렇지만 어디서 무슨 짓을 하는지 모르게 새벽에 들어와 보세요. 그것도 속상한 일이에요. 집에서 텔레비전도 같이 보고, 책이나 읽고 하면 얼마나 좋아요….”

이번에는 김주희가 부인의 동의를 구했으나 결코 동의할 기세가 아니었다. 그리고 뼈 있는 얘기를 했다.

“결국 결론은 나지 않네요. 각자 자기 나름의 생활양식이 있으니까 …. 하지만 부부는 서로 상대방을 배려할 줄 알아야 돼요.”

"내가 언제 당신을 배려하지 않은 적이 있나? 나가서 밥 사 먹자면 나가고… 슈퍼마켓 같이 가자면 같이 가고…. 내가 집에 붙어 있는 건 당신하고 함께 있는 게 좋아서 그러는 거야 … 하하."

"이 양반 웃는 거 좀 봐요. 말은 잘 끌어다 붙이지요? 호호…."

부부는 이렇게 살아야 한다고 주희는 거듭 부럽게 생각했다.

4
창춘에서 있던 일

고광호 부부는 여행을 마치고 인천공항에 도착하자마자 할머니 집에 먼저 들렀다. 동수 때문이었다.

　　할머니는 아들과 며느리의 여행이 이혼문제와 얽혀 있다는 것도 모르고 "재미있었느냐"면서 배에서 사 온 선물만 좋아했다.

　　할머니 집에 동수를 맡길 때 고광호는 아이 보는 여자를 한 사람 구해 붙여 놓았었는데 이 젊은 여자가 동수와 잘 놀아 주었는지, 동수를 집에 데려갈 때 이 여자도 같이 가야 한다고 떼쓰는 바람에 세 식구가 아닌 네 식구가 집으로 돌아갔다.

　　집에 돌아와서도 남편과 대화가 거의 없을 테니까

집에서 이 여자가 말동무가 되겠구나 하는 생각을 주희는 언뜻 했다. 아이 보는 여자는 20대 중반의 미혼 여성이었다.

돌아오는 비행기 속에서 주희는 생각했다.

— 참 이상한 여행을 했다 ···. 남편과 계속 냉랭했던 여행···. 이런 여행을 해 본 사람이 또 있을까 ···. 그러나 이 여행은 너무나 좋았지···. 생전 처음 보는 호화로운 배를 타고 바다를 내다보며 며칠을 지낼 수 있었던 것도 좋았지만 무엇보다도 마종구를 만난 것은 더 없는 기쁨이었고 다시없을 행운이 아닌가 ···.

이런 생각은 집에 돌아와서도 몇 번이고 했다.

예상한 대로 아이 보는 여자는 좋은 말동무가 되었다. 혹시 북조선에서 살다가 오지 않았나 해서 주희에게 물을 만한데 그런 것도 묻지 않는 과묵한 여자였다. 동수와는 말도 잘 나누고 또 잘 놀아 주기도 했다. 주희는 그것을 고맙게 생각하고 있었다.

하루는 자신이 북조선에 살다가 혼자 탈북했노라고 주희가 먼저 얘기했다. 이 여자는 아주 흥미롭게 들으며 "고생을 너무 하셨군요. 남쪽에 내려오니 참 좋으시지요?"라고만 몇 마디 했다.

남편과의 사이가 서먹한 것을 눈치 챘을 것 같아 한번은 아이 보는 여자에게 이혼계획을 털어놓고 얘기해 버렸다.

주희는 이혼얘기를 해 놓고 말을 잘 꺼냈다고 생각했다. 주희의 얘기를 듣고 아이 보는 여자 문선옥은 비로소 자신의 얘기를 털어 놓았기 때문이다.

"남자들은 모두 왜 그렇지요? 저는요… 고등학교를 졸업하고 어느 세무사 사무실에서 일하고 있었어요. 그런데 그 나이 지긋한 세무사가 내게 추근대지 않아요…. 그래서 다시 얼굴도 보기 싫어 거기를 그만두었지요. 하기야 남자뿐 아니라 여자도 그런 사람이 있나 봐요…. 제가 여학교 때는요… 여선생 한 분이 학부형과 바람을 피우다 쫓겨난 일이 있어요. 여학교 선생

중에 골프 치는 사람은 아주 드문가 봐요. 특히 여선
생은 그렇지요. 그런데 그 여선생은 골프를 즐겼대나
봐요. 문제는 골프인지…. 그 선생님이 골프를 친 후
에는 남자와 꼭 모텔을 들렀다는군요. 그게 남편에게
들켜서 이혼도 당하고 학교에서 쫓겨나고… 신세 망친
거지요."

　문선옥은 그 선생님 사건과 세무사에게 시달리던 일
때문에 남자건 여자건 어른들을 불신하게 됐다고 했다.

　"선옥 씨는 아이 돌보는 일을 언제부터 했어요?"

　"세무사 사무실을 그만두고 바로 직업소개소를 찾아
가 아이 보는 일자리를 구한다고 했지요. 직업소개소
에서는 두 달 후에 연락이 왔어요. 그래서 처음 동수를
보게 되었지요. 어른들은 믿을 사람이 없어요. 남자건
여자건 모두 그 지경이면 1부1처제가 무슨 소용이 있
어요. 차라리 다부다처제를 하던지…. 그런데 아이들
은 순진해서 참 좋아요. 때가 하나도 안 묻었지 않아
요? 동수도 가끔 심술부리거나 떼쓰는 적이 있는데 저

는 그것도 귀여워요….”

두 여자는 처음으로 도란도란 얘기를 나누었다. 그
날 저녁 두 여자는 동수를 데리고 동네 중국집에 가 탕
수육과 짜장면을 즐겼다.

서울에 돌아온 후 주희가 먼저 한 일은 자동차 학원
에 다니는 일이었다. 여자들이 아이를 태우고 운전하
는 것이 그렇게 부러웠는데 남편은 주희에게 운전을
배울 것 없다면서 자동차 학원에 못 다니게 했다. 버스
나 지하철을 타면 편하고, 필요할 땐 택시를 타면 되는
데, 자동차를 몰다가 사고나 내면 어쩔 것이냐며 운전
면허를 못 따게 했다.

차를 몰고 다니는 그 많은 여자들의 남편은 그런 걱
정을 안 했겠나 싶었지만 주희는 남편과 다투지 않았
다. 다퉈 봐야 소용이 없는 것을 주희는 알고 있다.

그러나 이제는 다르다. 내 방식대로 살겠다는 생각
을 굳힌 것이다. 청담동 가게에서 함께 일하던 남현주

와도 자주 만나고 앞집에도 자주 놀러 가기로 했다.

앞집 701호에는 치과의사가 살고 있었다. 그 집은 부부가 여행을 자주 다녔다. 며칠씩 집을 비울 때마다 주희네에게 신문과 우편물을 걷어 달라는 부탁이 있었다. 집이 빈 티가 나면 도둑이 들 염려가 있기 때문이다.

신문 간수가 인연이 되어 앞집 여자와 가까워졌다. 치과의사 부인은 커피를 좋아했다.

엘리베이터에서 만나면 "우리 집에 가서 커피 한잔 마시자"고 해서 자주 왕래를 했다. 주희가 탈북자인 것을 알고는 호기심, 동정심, 친근감을 더 느낀 듯했다.

로마에서 돌아온 지 이틀 후, 주희는 로마에서 산 이태리 과자 봉지를 들고 앞집에 들렀다. 커피를 마시면서 먹으면 좋을 듯한 과자 몇 가지를 산 것이다. 보름 가까이 신문을 챙겨 준 데 대한 감사의 뜻을 전하기 위해서다. 앞집 여자는 반기며 들어오라고 했다.

"무슨 여행을 그리 오래했어?"

얼마 전부터 주희는 이 여자를 형님이라고 불렀고,

그 여자는 주희에게 말을 놓고 지냈다.

"지중해 크루즈를 다녀왔어요."

"어머! …멋있다. 재미있었겠네…."

"별로 그렇지도 않았어요. 그 이유는 차차 얘기할게요…."

앞집 여자는 귓전으로 흘려듣는 듯했다.

— 부부싸움을 한 정도로 들었겠지.

"그런데 형님네는 무슨 여행을 그리 자주 해요? 1년에 두세 번은 나가는 것 같던데…."

"두 번은 나가지…. 우리가 돈이 많거나 놀러 다니기 좋아해서 나가는 게 아냐… 그 얘기는 차차 얘기할게…."

주희는 흘려들을 수가 없었다. 무슨 사연이 있는지가 궁금했다.

커피를 마시면서 주희가 물었다.

"나도 이번 여행이 애당초 즐기자는 여행이 아니었는데… 즐기는 여행이 아니면 무슨 여행이야요?"

"나는 여자 형제가 없어… 동수 엄마는 내 동생 같아서 털어 놓지….."

앞집 여자의 남편은 해군 군의관이었다. 여자는 간호사였다. 두 사람은 열렬히 사랑했다. 군의관은 기혼이었고 아이까지 있었다. 군의관이 유부남인 줄 모르고 좋아했는데 그것을 안 후에도 마음을 끊지 못했고 군의관은 이혼을 하고 이 여자와 결혼했다. 아이는 두 살이었다.

여자는 아이를 열심히 키웠고 아이는 엄마를 좋아했다. 행복한 가정이었다. 그러나 그 아이가 중학교 3학년 때 악운이 닥쳤다.

아들아이가 어디서 들었는지, 생모가 따로 있다는 것을 알았다. 아이는 마침 사춘기였다. 아침에 집에서 나가기는 하는데 학교엔 가지 않았다. 독서실과 PC방에서 시간을 보내고, 집에서도 제 방을 걸어 잠그고 밥도 제때 먹으려 하지 않았다. 아빠 엄마와는 말도 않고 성격도 돌변했다.

치과의사는 친구인 정신과의사와 의논했다. 그 친구는 환경을 확 바꾸어 줘 보라는 것이었다. 두 달쯤 지나서야 돌파구를 찾은 것이다. 미국으로 보내자는 것이다. 미국에 살고 있는 아이 고모 집에 가 있다가 학교에 가고 싶을 때 미국 학교에 들어가던지 집에 돌아오라고 했다.

한 달 후 아이는 아비와 함께 미국에 갔고, 어학원에서 영어 공부를 해 석 달 후 9학년에 입학했다. 이것이 2년 전 일이었다.

"우리는 아이가 걱정돼 여름방학 겨울방학 두 번씩 미국에 가지 않아…. 걔는 내 친아들이나 마찬가지야. 처음부터 지금까지 나는 그래…. 그러나 걔가 변한 후 내가 어떻게 됐겠어?…. 가슴은 찢어지고 집안은 박살나고… 말도 말아…. 사는 게 사는 게 아니었지. 그런데 걔는 2년 전보다 많이 나아졌어. 그래도 지금 나를 대하는 게 어릴 때와는 조금 달라. 그러니 걔가 빗나갈까봐 자주 안 가게 돼?…."

주희는 이 얘기를 듣고 앞집과 우리 집에 어떤 공통점이 있는 듯이 느껴졌는데 그 공통점이 무엇인지 도무지 알 수 없었다. 하루 종일 그 생각이 머리에 맴돌았다.

다음날 아침, 옆에 골아 떨어져 자고 있는 동수를 보자 어제 하루 종일 머리에 맴돌던 생각이 정리되는 듯했다.

─그래! 동수가 중3이나 고1쯤 돼서 사춘기가 되었을 때 아빠 엄마가 이혼한 것을 이해 못하고 나를 원망하게 되면 어쩌나…. 자기또래 아이들이 제 아빠 손을 잡고 다정하게 걸어가는 것을 보거나 함께 농구하는 것을 보면… 필경 성격변화를 일으키게 되겠지?…. 앞집은 재혼 때문에 아이교육이 문제였고… 우리는 이혼 때문에 아이교육이 문제가 생길 수 있겠구나 … 하는 생각이 들었다. 그러면서도 이혼은 재고할 수 없다고

마음을 다잡았다.

바로 그날 밤, 주희는 훗날 동수에게 보여 줄 편지를 썼다. 일주일쯤 걸려 편지를 썼다. 글을 쓸 자신이 없었지만 동수를 앉혀 놓고 얘기를 하듯이 써 보자고 마음먹고 쓰기 시작한 것이다. 쓰다가 마음에 안 들면 다시 쓰고, 쓴 것을 고쳐 쓰고… 그래서 꼬박 일주일이 걸린 것이다.

사랑하는 동수에게.

네가 고1쯤 되면 사물을 제대로 판단할 것이다. 그때 보여주려고 이 편지를 쓴다. 그때까지는 내가 이 편지를 보관할 것이다.

내가 이 편지를 쓰는 이유는 간단하다. 아빠와 내가 헤어진 것을 원망하고, 그래서 나를 미워할까 봐 편지를 쓰는 것이다. 네가 아빠를 원망할 이유는 없다. 이혼은 내가 하자고 했기 때문이다. 또 나를 미워하지 않기를 바란다. 이혼을 하게 된 배경이 있고 아직껏 나는 아빠와 헤어진 것을 후회하지 않는다. 아마 앞으로도 그럴 것이다.

동수야. 너는 나비가 나는 것을 본 적이 있겠지. 결코 씩씩하게 날지 못한다. 보기에 따라 평화롭고 자유롭게 나는 것 같지만 힘에 부쳐 곧 떨어질 것 같이 난다.

나는 나비라고 늘 생각했다. 나는 아무런 힘이 없고 단지 자유롭고 평화롭게 날고 싶을 뿐이었다.

동수야.

아빠와 나는 서로 사랑했다. 너를 낳고는 더없이 행복했다. 그러나 그 행복은 길게 갈 수가 없었다. 네가 세 살 때 아빠에게 여자가 생긴 것이다. 그때도 아빠는 변함없이 너를 사랑했다. 그러나 내게는 견딜 수 없을 정도로 쌀쌀했다. 그 여자에 빠져 회사 일을 제대로 보지 않아 사업이 어렵게 됐었다.

나는 많이 고민했다. 사람은 성인이 아니니까 탈선할 수도 있을 것이다. 너도 남자지만 특히 남자들이 그럴 것이다. 그러나 내 생각에 그 탈선은 지켜야 할 선이 있다. 가정에 금이 가게 하거나 직장에 영향을 주어서는 안 된다는 것이다. 남자가 어떤 여자를 좋아하게 됐을 때, 가정과 사업에 상처를 안 주고도 좋아할 수 있지 않겠니? 자기 집 옥상이나 회사 옥상에 자기만이 볼 수 있는 마음의 화원을 꾸며 가끔 꽃을 보며 즐긴다면 누가 뭐라고 할 것이며 누가 상처를 입겠느냐.

아빠는 그러지 못했다. 나도 알고 회사 사람들도 알고… 도처에 상처를 입히고 있었다. 그래서 나도 편하고 사업도 회복할 수 있게 헤어지자고 내가 먼저 말을 꺼낸 것이다.

동수야.

너도 아는 일이지만 나는 북한에서 대한민국으로 넘어온 사람이다. 휴전선을 넘어왔거나 배를 타고 내려온 것이 아니다. 수용소를 탈출해 두만강을 건너고 두 달 동안 강 건너 산 넘고, 숲을 헤치고 트럭에 실리고… 그렇게 수만 리를 지나 서울에 온 것이다. 나라는 나비는 기운이 떨어져 몇 번인가 추락할 뻔했다. 눈물도 많이 흘렸고 죽고 싶은 적도 한두 번이 아니다. 그 고생을 왜 했겠느냐. 사람대접 받으며 살고 싶었기 때문이다. 힘이 없어 떨어지더라도 나비처럼 평화롭고 자유롭게, 그리고 아름답게 날며 살고 싶었기 때문이다.

내가 북한의 수용소에 있을 때, 나는 사람이 아니었다. 공민권도 박탈당하고 개나 소와 마찬가지였다.

탈출에 성공해 서울에 왔을 때 비로소 사람대접을 받는구나 … 생각했다. 물론 가슴 아플 때도 있었다. 내가 어느 가게에서 일할 때 한 손님한테 겪은 수모는 지금도 잊을 수가 없다. 사가지고 간 옷을 일주일 후에 들고 와, 옷에 무엇이 묻었다며 물러 달라는 것이었다. 안 된다고 했더니 "네가 탈북자인 것을 아는데 내게 그럴 수 있느냐?"며 내 뺨을 때리는 거야. 그때 내 심정이 어떠했겠니. 옷에 묻은 것이 살 때부터 있었는지, 그 후에 묻혔는지도 모르고, 근무 규칙상 이틀이 지나면 환불을 안 해 주기로 되어 있었거든.

그 일이 있은 지 얼마 안 돼서 아빠를 만나게 됐다. 아빠는 친절했고 나에 대한 배려도 많았다. 그래서 몇 달 동안 사귀다가 결혼하게 된 거다.

3년 후에 아빠는 변했다. 나에게는 관심도 없고 눈

도 잘 맞추려 하지 않았다.

차라리 내 따귀를 때렸으면 왜 때리느냐고 대들었을 것이다. 그러지 않으니까 마음이 더 괴로운 거야. 정신적 폭행을 당하는 기분이고 사람대접을 제대로 받지 못하는 셈이니까. 마음의 상처는 육체적인 상처보다 더 아픈 것이었다.

동수야.

내가 아빠와 헤어질 때, 나는 너의 장래를 많이 생각했다. 아빠 없이 자랄 너니까.

그럴 수밖에 없었다. 그래서 그때 생각해 낸 것이 있다. 헤어지더라도 친척처럼 지내자고 아빠에게 얘기했고, 너를 보고 싶을 때는 아무 때나 만나라고 했다. 나는 너 없이 못 살 것 같아서 너를 키우는 것은 내가 맡아야 한다고 했다.

동수야.

나는 힘없는 나비다. 그러나 너를 키우는 데는 철로 만든 나비여야 한다고 다짐하며 살고 있다.

엄마는 네가 나를 이해해 주리라고 믿는다. 그리고 너를 사랑한다.

주희는 이 편지를 써놓고 몇 번이고 읽었다. 더 할 말이 있을 것 같아 며칠을 곰곰이 생각했다.

그래! 내가 지중해의 유람선에서 바다를 내다보며, 후일 동수에게 전해 줄 글을 쓰려다가 포기했지… 그 얘기도 써야겠다고 생각한 것이다. 그래서 편지 추가분을 썼다.

동수야!

나는 아빠와 헤어지기로 한 것을 쉽게 결정한 것은 아니다. 여러 번 고민을 했단다.

내가 아빠에게 이혼얘기를 처음 꺼냈을 때 "시간을 두고 생각해 보자"고 했다. 그러더니 며칠 후 마음을 식히자며 여행을 떠나자고 했다.

너는 세 살 때 일이라 기억하지 못하겠지만 아빠와 나는 그래서 지중해 크루즈 여행을 갔단다. 아빠는 내 마음이 변하기를 기대해서 여행을 가자고 했고 나는 매정하게 이혼을 고집하는 것으로 보이는 것이 싫어 여행을 가게 된 거야.

배에서 열하루를 지냈고 그동안 그리스와 터키 그리고 이태리의 네 항구에 들렀지만 우리 여행은 남들만큼 즐겁지 않았다. 우선 나는 네가 너무 보고 싶었고, 너를 데리고 오지 않은 것을 많이 후회했고, 아빠와의 사이도 도란도란하지 못했기 때문이야. 그러나 어쨌든 여행 중에도 아빠와 헤어지겠다는 결심은 조금도 흔들리지 않았다. 상처가 그만큼 컸던 거야.

동수야.

거듭 얘기하지만 너는 엄마의 심정을 이해해 주었으면 좋겠어. 내가 너를 사랑하는 만큼의 10분의 1만 나를 사랑한다면 나를 이해해 줄 거야.

2015년 봄
엄마가.

크루즈 여행을 떠나기 얼마 전 주희는 변호사 사무실을 찾아갔었다.

친구 남현주의 소개로 만난 것이다. 남현주에게 처음 이혼 얘기를 꺼냈을 때 남현주는 펄쩍 뛰었다.

"남자들은 다 그래… 바람을 피워…. 너, 지금 속상하겠지만 아이 생각도 해야지. 또 혼자 살아 봐라, 그걸 자유로운 생활이라고 생각하니?…. 못마땅한 남편이라도 있어야 여자는 밖에서 사람대접을 받지… 이혼한 여자라고 하면 어딘가 흠이 있는 여자로 보거든….

내 남자친구에게 들은 얘기가 있는데, 자기 주변을 보면 열 명 중 8~9명은 바람을 피운다는 거야. 5~6명은 애인이 있고, 나머지는 돈 주고 오입을 한다는 거지. 하룻밤을 자든지 잠깐 즐기든지… 잠깐 즐기는 것을 쇼트타임이라고 한대. 그런데 바람을 피우지 못하는 1~2명은 못난 놈이더라는 거지. 아주 소심하거나 성격적으로 친구관계도 그렇고….

그리고 바람기는 한때라는 거야. 6개월도 가고 1년도 가곤 하지만 오래가는 경우는 아주 드물다는 거지…. 그러니 참고 견뎌 봐…."

그러나 이런 말에 주희는 흔들리지 않았다.

"생각을 해 보겠지만 내 결심은 바뀌지 않을 것 같

아…. 어쨌든 변호사와 한번 의논하고 싶은데, 어떻게 하지?…."

"변호사는 걱정할 것 없어. 내 4촌 형부가 변호사거든…. 그것도 이혼전문 변호사라니…. 뭐 그런 전문 변호사가 있는지…."

남현주에게 졸라 주희는 결국 변호사를 만났다.

주희를 만난 변호사는 신이 나는 듯했다. 노트를 펴들고 메모를 해 가면서 질문을 시작했다. 남편은 뭘 하는 사람이냐, 아이는 몇 명이고 몇 살이냐, 남편에게 애인이 있다는 것을 어떻게 알았느냐, 잠자리는 언제부터 함께 안 했느냐, 헤어지자는 얘기를 남편에게 한 적이 있느냐, 뭐라고 하더냐, 남편이 애인을 정리하면 이혼생각을 바꿀 의향이 있느냐, 혹시 김주희 씨는 가까이 지내는 남자친구가 없느냐, 이혼 소송을 서두르겠느냐, 아니면 사정이 돌아가는 것을 보면서 천천히 하겠느냐, 등등 … 질문은 끊이지 않았다.

그리곤 본론을 얘기했다.

"위자료는 남편의 재산을 알아보고 아주 많으면 3분의 1 혹은 4분의 1 정도, 그렇지 않으면 반을 요구하면 될 것 같고…. 아이를 남편에게 넘겨주지 않겠다면 남편의 친권은 인정하되 양육권은 김주희 씨가 갖겠다고 하면 되고…. 위자료와 별도로 아이가 성인이 될 때까지의 양육비는 요구해야 되고…."

주희도 몇 가지를 물었다. 남편의 애인을 본 적이 있느냐는 질문이 마음에 걸려 있었기 때문이다.

"내가 중국에서 전화받았다는 얘기는 숨기고 싶은데요…."

이에 변호사는 서슴없이 말했다.

"그건 남편이 애인이 없다고 잡아뗄 때 마지막 카드로 쓰면 돼요. 이상한 전화도 자주 왔다면서요…. 문제는 그런 일 없다고 잡아뗴는 것보다 여자와 좀 사귀었는데 이미 정리했다고 하면 그게 좀 어려워집니다."

그런 경우를 주희는 이미 생각했었다.

— 이미 정리했다던가, 정리하겠다고 해도 나는 물러설 수 없다. 이미 나는 상처를 입었고, 그 상처는 회복할 수 없다 … 는 것이었다.

변호사는 자기에게도 시간이 조금 필요하다는 얘기로 상담을 끝냈다. 남편의 재산이 얼마나 되는지 조사할 시간이 필요하다는 것이다.

"그 시간이 얼마나 걸리는데요?"

"많이 안 걸립니다. 길어야 한 달이지요."

재산이 많고 위자료도 많아야 변호사료도 커질 수 있기 때문에 변호사의 관심이 거기에 있구나 … 하는 것을 주희는 바로 눈치 챘다.

남편이 크루즈 여행을 다녀오자고 했을 때, 변호사가 말한 한 달 여유를 감안한 것이 여행에 동의한 이유 중 하나였다.

5
아들에게 쓴 편지

지린성(吉林省) 창춘(長春)에 있는 고광호의 회사 매출은 2년째 매해 20%씩 내려갔다. 중국의 다른 시장도 그렇지만 의류시장도 눈에 띄게 달라지고 있다. 중가품(中價品)과 수입명품의 수요가 늘면서 저가품(低價品)의 시장이 좁아지고 있다.

　　게다가 고광호의 봉제공장에서는 학교 교복을 많이 만들었는데 교복 자유화 바람이 조금씩 불면서 제품주문이 줄어들고 있는 것이다.

　　— 그런데 내가 여자에 한눈파느라고 회사가 어렵게 됐다고?…. 내가 회사에 신경을 좀 덜 쓴 것은 사실이지만 내가 신경을 더 쓴다고 시장의 추세를 바꿀 수 있

나?….

　— 그나저나 주희에게 회사 사정을 얘기해 준 놈은 누구일까?…. 혹시 짐작이 가더라도 멱살을 잡고 추궁할 수도 없고….

　고광호는 실상 회사에서 책잡힐 일은 전혀 하지 않았다. 특히 여자 봉제직공들에게는 신경을 많이 썼다. 어느 여자와 길게 얘기하거나 눈길을 오래 주기만 해도 금방 이상한 소문이 퍼졌다. 사장이 누구를 좋아한다더라, 누구와 가끔 만나는 모양이라는 소문이 불길처럼 번진다.

　서울의 봉제회사 총무부장으로 있을 때 그런 사례를 많이 보았다. 턱없는 소문 때문에 회사를 떠나야 했던 남자직원, 여자직원도 몇 명 있었다.

　여자들은 뜬소문을 듣고, 또 그것을 부풀려 퍼트리는 것을 유일한 취미로 삼는다는 것을 고광호는 알고 있었다. 아무리 예쁘게 생긴 직원이라도 호감을 보여서는 안 된다는 것을 고광호는 철칙으로 지켜왔다.

— 나는 여러모로 조심하면서 회사 일을 해 왔는데 도대체 누가 내 얘기를 서울에 전화했을까?⋯. 통역 겸 경리부장을 맡고 있는 홍군 얘기로는 내가 직원들에게 신경을 많이 쓰고, 회사 일을 열심히 해서 직원들이 모두 나를 좋아한다지 않던가 ⋯.

고광호가 궁지에 몰린 것은 필경 회사 간부나 직원 때문인데 그게 누군지 도무지 짐작이 가지 않았다.

— 크루즈를 다녀와서도 주희의 태도는 바뀐 게 없으니⋯ 만일 이혼을 하게 되면 내 생활은 어떻게 변할 것인가 ⋯.

돌이켜 보면 한 1년 동안 그녀와 너무 잘 지냈다. 아무도 모르게 잘 지냈다.

차 여인은 고광호가 사는 아파트의 10층에 산다. 아들을 중국대학에 넣기 위해 길림대학 부속 어학원에 넣고 뒷바라지를 하기 위해 창춘에 와 있는 여자다.

1년 전쯤, 엘리베이터에서 모자가 한국말을 하는 것

을 보고 고광호가 물었다.

"한국에서 오셨나요?"

"네, 두 달 전에 한국에서 왔습니다. 여기 사십니꺼?"

"네. 창춘에 온 지 꾀 오래 됐습니다. 여기 8층에 삽니다."

"아이고 많이 지도를 받아야 되겠네예. 야는 우리 아들이에요. 곧 길림대학에 갈 겁니다."

아들아이는 고광호에게 꾸벅 인사를 했다. 엘리베이터가 1층에 내려온 바람에 더 이상 얘기는 나누지 못했다. 헤어질 때, 여자는 "언제 또 뵙겠습니더"라고 인사를 했다.

여자는 키가 훤칠하고 입술은 두툼했다. 눈꼬리는 약간 위로 올라가 성격은 활달할 것 같았다.

—지도를 많이 받겠다고?…. 중국에 온 지 얼마 안 됐으면 서툰 게 많겠지…. 내게 물어볼 일도 많을 테고….

—그나저나 누구하고 사는고…. 혹시 아이만 데리

160

고 온 기러기 엄마인가?…. 고광호로서도 궁금한 게 많았다.

며칠 후 현관에서 다시 만났다. 고광호는 속이 안 좋아 집에서 쉬기 위해 오후 일찍 집에 들어오는 길이었다. 여자는 혼자였다. 장을 보고 오는지 보따리를 두 개나 들고 있었다. 며칠 전 처음 만났을 때보다 화장을 짙게 하고 화사한 선글라스를 끼고 있었다.

"바쁘지 않으시면 저희 집에 가서 차 한잔 하실 수 있습니까? 집은 아직 엉망이지만 …."

여자의 보따리를 대신 들고 여자 집에 들어서니 거실이 썰렁했다. 세간은 거의 없고 TV와 소파만 덜렁 있었다.

여자는 부산에서 왔노라고 했다. 아이가 대학 1차, 2차에 모두 떨어져, 중국대학에 보내기 위해 왔다는 것이다.

"창춘에는 아는 사람이 있나요?…. 어떻게 창춘으로

오시게 됐지요?"

"창춘에 아는 사람은 아무도 없어예. 아이가 부산에서 중국어학원에 다녔는데 중국어 선생이 길림대학 출신이었어예. 그 선생님이 추천을 해서 오게 됐지예. 학교도 좋고, 창춘은 생활비가 적게 든다고 해서…."

"아이 아버지는 왜 안 오셨나요?"

"일해야지예. 두 달 전에 함께 와서 호텔에서 일주일 묵었지예. 그 일주일동안 이 아파트를 구하고… 살림도구를 장만하고… 대학어학원에 등록시키고… 정신이 없었지예. 이제야 정신이 좀 들었지요…. 그런데 선생님은 창춘에 오래 사셨다구요?…."

"한 7년 됐습니다. 여기서 조그만 봉제공장을 운영하고 있습니다."

"아, 사장님이시군요. 가족도 함께 계시고요?"

"가족은 서울에 있습니다. 그래서 반은 여기 있고 반은 서울에 있지요."

"저는 아이가 대학에 들어가 기숙사에 있게 되면 그

때나 돌아가게 되는데 그게 1년 후가 될지 1년 반 후가 될지 모르겠네예."

고광호는 해 줄 애기도 많고 듣고 싶은 애기도 많았지만 오래 앉아 있을 수가 없었다. 화장실 때문이다. 잘못하면 한 번이 아니라 두세 번을 드나들어야 하는데, 여자가 사는 집에서 화장실을 자꾸 가겠다고 할 수도 없고 해서 일어설 생각을 했다.

"말씀드리고 싶은 게 많은데… 제가 오늘 집에서 할 일이 좀 많아 이만 일어나겠습니다"라고 했다. 그는 설사를 자주했다. 멀쩡하다가도 설사를 하게 되면 연거푸 서너 번을 가야했다. 병원에서는 신경성 장염이라고 했다.

고광호는 명함을 건네주면서 "자주 뵙겠습니다"라고 했고 여자가 일러준 전화번호와 이름을 적었다.

남녀관계는 첫눈이 중요하다던가. 그 여자를 엘리베이터에서 처음 만났을 때, 고광호는 가까이 사귀고 싶은 여자로구나 … 생각했다. 그 여자도 나를 그렇게 보았는지 모른다 …고도 생각했다. 그녀의 눈빛에서 그렇게 읽었다. 첫날보다 화장을 짙게 한 것도 아전인 수로 해석했다.

　그런 생각은 생각에 그치지 않았다. 사흘 후 여자에게서 전화가 먼저 왔다. 한국 사람이 하는 슈퍼마켓이 있으면 가르쳐 달라는 것이었다. 아침 11시쯤이었다.
　"아, 알고 있지요. 내가 오늘 회사에 바쁜 일이 없습니다. 내가 점심을 대접할 테니 점심식사 후에 슈퍼마켓을 안내하지요."
　일은 순조롭게 진행됐다. 아파트에서 걸어서 15분쯤 걸리는 스테이크집에서 대구스테이크와 비프스테이크를 시켜서 나누어 먹고, 슈퍼마켓에서 장을 보았다. 한국인이 운영하는 슈퍼마켓은 한국제품을 많이 취급했다. 반 이상이 한국 제품인 것 같았다. 생수 '삼다수'까지 있었다.

라면과 생수, 감자와 계란 등 잔뜩 장을 보았다. 여자가 혼자 들기에는 너무 무거운 양이었다. 고광호가 집까지 짐을 들어다 주었다.

"고마워서 어떡하지예?…. 뭘 대접해야 하나 ….

"대접은 무슨 대접이요…. 커피나 한잔 하지요."

커피를 마시면서 이 여자가 두 살 연상이라는 것도 알았고, 남편은 휴대폰 대리점을 크게 한다는 것도 알았다.

차를 마시며 중국에서는 과일을 사 먹는 데 신경을 쓰라는 얘기를 해 주었다. 농약과 방부제를 많이 쓰기 때문에 과일을 샀을 때는 하루쯤 물에 담갔다가 껍질을 두껍게 까서 먹는 게 좋다고 일러 주었다.

"그런데… 어려운 청이 하나 있는데요…. 우리 집 욕실의 수도가 고장 나서 이틀 동안 샤워를 못했거든요. 이 집에서 샤워를 해도 괜찮겠습니까?"

"그러믄요. 괜찮지예…. 잠깐만요. 욕실을 어질러 놓아서…. 우선 이리로 오세요."

그녀는 욕실로 안내했다. 침실에 붙어 있었다. 침실
에는 침대 하나밖에 없고 벽에는 옷가지가 걸려 있었다.
　"양복은 이리로 주시고, 내복은 그냥 침대 위에 벗
어놓고 들어가세요."
　　여자가 잠시 욕실을 정리하고 나온 뒤 고광호는 욕
실에 들어갔다. 욕실문은 꼭 닫지 않고 아주 조금 열어
놓았다.
　　샤워를 이 집에서 하겠다는 것은 애당초 써 본 각본
이었다. 내가 샤워를 하면 이 여자가 내 육체를 상상할
것이라 생각했고, 그 집에서 샤워를 하면 서로 급격히
가까워지지 않을까 … 하는 기대를 해 본 것이다.
　　고광호는 샤워를 대충 마치고 수건으로 물기를 닦으
면서 빼꼼히 열린 문으로 침실을 훔쳐보았다. 이 여자
가 침대 위에 벗어 놓은 고광호의 러닝셔츠와 팬티를
코에 대고 냄새를 맡는 모습이 눈에 띄지 않는가!
　　거의 순간의 일이지만 이 광경을 보고 고광호는 자
신이 무슨 냄새를 맡은 듯 흥분해 버렸다. 그리곤 자신

이 흥분한 것을 이 여자가 감지하면 그녀 또한 흥분할 것이라는 생각이 전광석화처럼 연결되었다.

이런 기회를 놓칠 고광호가 아니었다. 바지만 주섬주섬 입고 거실을 향해 여자를 불렀다.

"차 여사!⋯ 나 좀 봐요⋯."

차 여인은 지체 없이 들어왔다.

"별안간 등판에 쥐가 나는 것처럼 아픈데⋯ 등 좀 두드려 줄래요?"

여자는 "왜 그렇지요?"라며 두 손으로 고광호의 등을 두드려 주었다.

"좀 더 세게!⋯."

"아 — 시원하다⋯."

잠시 후 고광호가 획 돌아서며 "나도 차 여사 안마 좀 해 줄게요"라며 여인을 돌려 세우고 등을 두드렸다. 어깨도 주물러 주었다. 목덜미 근육에서는 비릿한 향기가 나는 듯했다. 블라우스에는 향수를 뿌린 게 틀림

없었다. 퍼플색 블라우스는 이 여자에게 참 잘 맞는다
고 생각했다. 그 말은 하지 않았다. 여자는 눈을 감고
있을 것이었다. 블라우스 색깔이 문제가 아니었다.

목덜미를 주무르다가 고광호는 손을 멈추었다. 그
리고 서서히 손을 밑으로 내려 가슴을 거쳐 허리를 껴
안았다. 몸통은 뒤에서 바짝 붙었다. 여자는 전혀 저
항하지 않았다. 오히려 고광호의 손등에 자기 손을 얹
고 고개를 뒤로 젖혀 고광호에게 기대는 자세였다.

둘은 바로 침대에 쓰러졌다. 누가 쓰러트린 게 아니
다. 저절로 쓰러졌다. 옷은 어떻게 벗었는지 모른다.
두 사람은 그대로 한 몸이 되어 버렸다.

두 사람은 닷새가 멀다 하고 만났다. 8층에서도 만
나고 10층에서도 만났다. 두 층을 걸어서 오르내리니
까 보는 사람도 없고⋯ 그렇게 편할 수가 없었다.

처음엔 아래위층 집을 오가면서 만나다가 얼마 후부
터는 고광호의 아파트에서만 만났다. 10층에 함께 있

을 때, 별안간 아들아이가 무언가를 가지러 집에 오는
바람에 둘이 다정하게 있는 것을 보게 되었다.

고광호는 저고리를 벗은 채였고 여자는 머리가 좀
흐트러져 있었다.

대낮에 그 둘이 함께 있는 것은 좀 이상한 일이건만
여자는 아주 태연했다. 아들아이가 바로 나간 후에도
여자의 얼굴엔 걱정하는 빛이 하나도 없었다.

회사에서도, 집에 돌아오는 길에서도 차 여인 생각
을 많이 했다. 침대 위에서 눈을 감은 채 "아 ― 아 ―"
하는 소리를 내는 차 여인의 표정이 떠오르면서 그 소
리가 귀에 쟁쟁 울리기 때문이다. 또 자리에 누우면 여
체의 율동이 자꾸 떠올랐다. 때로는 아래에서 위로,
위에서 아래로 엎치락뒤치락 하며 요동치지 않던가.
키스는 입에만 하는 게 아니라 그 두툼한 입술로 아래
위 사방에 하지 않던가.

부산에는 물보다 술이 많고, 종이보다 돈이 많고,

사람보다 여자가 많다는 얘기를 고광호는 들은 적이 있다. 차 여인은 체온보다 열정이 뜨겁고 마음보다 간이 큰 여자라는 생각을 고광호는 했다.

고광호는 청소 아줌마를 일주일에 두 번 오도록 했었다. 이제 그럴 필요가 없이 됐다. 차 여인은 반찬거리를 만들어 고광호네 냉장고에 넣어 주고 가끔 세탁기도 돌려주었다.

차 여인은 고광호의 봉제회사가 궁금하다며 회사구경을 한 번 했으면 했다. 어떤 손님인지 직원들이 궁금해할지 모르고, 혹시 이상한 관계 같다는 의심을 살지 모르기 때문에 디자이너를 가장해 회사에 오기로 했다. 중국의 의류회사에서 일하는 여자인데, 누가 소개를 해서 우리 회사로 데려올까 한다는 얘기를 회사간부에게 미리 해 놓았다.

하루 날을 잡아 차 여인은 고광호 사무실을 찾아갔다. 함께 공장을 둘러보고 다시 사장실에 들어와 차를 마셨다.

　남녀의 특별한 관계는 풍기는 것이 따로 있는가?···. 사장실에 드나드는 간부들 눈은 예사롭지 않았다. 도둑이 제발이 저리다더니 고광호는 마음이 불편했다. 그러나 차 여인은 아무렇지 않은 듯했다. 여자 가운데는 남자보다 더 대담한 여자가 있다는 것을 고광호는 전에도 몇 번 겪었다.

　호텔이나 모텔을 드나들 때, 쭈뼛쭈뼛 하지 않고 당당하게 걸어가고, 얼굴을 바짝 쳐들고 걸어 나오는 여자가 더러 있었다. 차 여인은 그런 여자였다.

　크루즈를 마치고 서울을 거쳐 창춘에 갔을 때, 차 여인은 창춘에 없었다. 집안에 혼사가 있어 부산에 다녀온다는 얘기를 전화로 들은 바 있다.

　"보고 싶을 테니까 일찍 돌아올게요"라고 했지만 무슨 사고가 있었는지 한 달이 지나도록 차 여인은 돌아오지 않았다. 차 여인이 아파트 위층으로 돌아왔더라도 고광호는 전처럼 즐겁게 그녀와 만나게 될 것 같지 않았다. 노상 즐기던 일도 마음이 편해야 즐겁지, 마음이 편치 않으면 만사가 찜찜한 법이다. 한편으로는 걱정도 됐다.

　— 남편이 휴대폰 대리점을 한다고 했는데, 혹시 무슨 수를 써서 나와 차 여인의 통화 내용을 검색하지 않았을까?….

　— 통화 내용으로 보아서는 자주 만난 게 되지만 무슨 짓을 했는지는 알 수 없을 테지….

　마음이 편치 않은 데다 이런 걱정 저런 걱정까지 겹쳐 하루하루 지내기가 짜증스러웠다.

　고광호는 중국에 머무는 동안 아파트에서 지낸다. 우리 돈 4천 5백만 원쯤 주고 창춘 시내에 50평짜리 아파트를 갖고 있다.

　— 중국에 더 많이 머물게 되겠지?…. 원단을 주문하러 가는 일, 재봉기계 부속품을 사는 일 외에는 서울

에 별로 갈 일이 없지 않은가 ···. 그렇게 되면 동수를 볼 기회가 적어질 텐데 어찌하나 ···.

— 회사는 어떻게 다시 살려야 하나 ···. 제품을 다양화하는 수밖에 없지 않을까?···. 그렇게 해서 매출을 늘릴 방도를 찾아야 하는데··· 그렇다면 철저한 시장조사와 디자이너의 보충이 있어야 하지 않을까?···.

딱히 의논할 상대도 없었다. 이런 생각 저런 생각에 빠져 나날을 지내고 있는데 뜻밖에 서울에서 온 우편물을 하나 받았다. 회사 사무실로 날아온 등기 우편물이었다.

이혼 소장(訴狀)의 사본이었다. 서울에 있는 변호사 사무실에서 보낸 것이다. 변호사가 법원에 제출한 소장의 사본을 만들어 보낸 듯했다.

일곱 장으로 된 소장을 읽어가면서 고광호는 깜짝 놀랐다.

'판결청구 원인'의 항목 중 '원고와 피고의 혼인생활이 파탄에 이르게 된 경위'의 설명에서 피고는 중국 창춘의 같은 아파트에 사는 유부녀와 내연관계를 1년 이상 유지하면서 사실상 동거상태에 있다는 것, 그 여자의 이름은 차순자라는 것, 이 여자는 디자이너를 가장해 피고의 회사에도 출입했다는 것, 내연의 관계가 깊어, 피고가 서울의 가정은 물론 회사 일에도 소홀해져 회사 경영이 어려워졌다는 것, 원고는 이로 인해 극심한 정신적 고통을 받고 있다고 쓰여 있었다.

고광호는 움찔했다. 아니… 차 여인의 이름까지… 회사를 다녀간 것까지…. 누가 알아냈는지 도무지 짐작이 안 되었다. 혹시 차 여인의 아들이 눈치를 채고, 자기 엄마에게는 말을 못하고 서울의 내 본가에 편지를 보냈을까?…. 아니면 주희가 변호사에게 부탁해 흥신소 같은 데서 조사를 했을까?…. 고광호의 입은 쓸개를 씹은 듯이 아주 써왔다.

소장에는 이 밖에도 딱딱한 법률용어를 써 가며 이혼청구의 법적 근거로 민법 제 840조의 제 1호가 어쩌고, 제 2호가 어쩌고, 제 3호, 제 6호 운운하면서 이혼

심판을 청구한다고 했다.

　이상한 것은 '위자료'와 '재산분할' 항목에서는 '추후에 제출'한다고 했고 '입증자료'도 추후에 제출하겠다고 했다.

　고광호는 머리가 멍─했다. 위자료는 얼마나 요구하려구?…. 내가 순순히 이혼에 동의해 주고 적당히 위자료를 준다고 하면 소송을 취하할 수도 있다는 건가?…. 도무지 판단의 갈피를 잡을 수 없었다.

　소장은 어려운 단어만 나열되어 있을 뿐 그 밖에 아무 설명이 없었다. 법원의 소환 날짜를 기다려야 할 모양이었다.

　─내가 재판정에 선다?….

　고광호는 기가 찼다. 주희가 정색을 하고 이혼애기를 꺼냈을 때 참 당돌하구나… 생각했지만 이혼 소송을 내겠다는 말도 안 하고 소송을 제기해?…. 고광호로서는 황당하기 짝이 없었다.

서울에서 날아온 이혼소장에 충격을 받은 고광호에게 10년 전에 받았던 충격이 천둥처럼 그의 머리를 스쳐갔다. 절을 찾아 산길을 걷던 때의 비감(悲感) —.

다시는 떠올리고 싶지 않은 기억. 그래서 언뜻 생각이 나더라도 머리를 흔들어 상념을 돌리곤 했는데…. 이혼 소장의 충격은 10년 전, 선거에서 낙선했을 때의 충격과 맞먹는지 기억을 돌릴 수가 없었다.

고광호는 제주도에서 자랐다. 아버지는 어선을 두 척 가지고 있었다.

그가 고등학교를 막 졸업하고 대학입시 준비를 하고 있을 때 아버지가 폐암으로 갑자기 돌아가셨다. 독자인 고광호는 물려받은 재산을 정리해 서울로 올라왔다. 어느 섬유회사에 취직해 부장까지 올라갔을 때 그는 정치를 하겠다는 마음을 먹었다.

— 나는 사람과 어울리기를 좋아하고, 남에게 호감을 주고 있지 않은가. 고향에는 친척이 많으니까 그 표

를 바탕으로 하면 국회의원선거에 이길 수 있지…. 단지 내세울 간판이 없는데… 그거야 그럴듯한 단체를 만들어 그 회장직함을 내걸면 되지.

그래서 고광호는 '민주청년 동지회'라는 것을 만들었다. 이미 회장직을 맡고 있는 고등학교 재경동창회의 동창 서너 명과 섬유회사 직원 두 명을 끌어들여 사실상 유령단체나 다름없는 것이 '민주청년 동지회'였다.

고광호의 아버지는 7남매였고, 할아버지는 5형제였다. 고향에 있는 4촌 6촌과 당숙만 세어 보아도 60명 가깝고 멀지않은 친척만을 합치면 백 명이 넘었다. 거기에 초등학교 친구와 고등학교 동창과 그 가족의 표, 고 씨(高氏)의 표, 선거운동에서 끌어모으는 표…. 그래서 당선에 자신을 갖고 있었다.

회사에 사표를 내고 고향에 내려가 국회의원선거에 무소속으로 출마했다. 선거운동 기간 중에는 '고향에 기여한 것이 하나도 없다', '사회적 경륜이 없다', '민주 무슨 단체는 유명무실한 급조단체'라는 등 불리한 얘기만 나돌았다.

결과는 뜻밖에도 후보 5명 중 5위였다. 목이 쉬도록 유세를 열심히 했고, 돈도 적지 아니 날렸는데 불과 320표밖에 얻지 못했다. 이때 고광호의 실망은 이루 말할 수가 없었다.

갑자기 자신이 아주 왜소해진 느낌이었다. 누구를 만나기도 싫고, 무슨 생각을 하기도 싫었다. 그는 결단을 내렸다.

— 절에 들어간다고.

아무에게도 얘기하지 않고 고광호는 어느 날 혈혈단신 가출해 강원도에 있는 조그만 절을 찾아갔다. 적지 않은 액수의 시주를 내놓고 몇 년 동안 불교공부를 하겠노라고 했다. 딱히 몇 년을 절에 있겠다는 계획을 세운 것은 없지만 3년 안에 환속하면 '나는 사람새끼도 아니다'고 마음을 굳혔다.

절로 올라가는 산길…. 절 가까이에 이르러서는 길

양쪽으로 소나무가 제법 우거져 있었다. 고광호는 소나무 밑에 앉아 담배를 피워 물고 생각했다.

— 내가 중학교 때인가 … 서울에서 변호사를 한다는 강(康) 아무개라는 사람이 고향에 내려와 두 번이나 국회의원에 출마했다가 낙선했지…. 이름 있는 사람의 아들이라는 그 사람은 실망한 나머지 변호사도 집어치우고 은둔생활을 하다가 자살했다지….

나는 자살은 안 한다. 시련을 딛고 일어설 것이다…. 어떻게 일어설 것이냐 …. 그것은 마음을 닦아가면서 생각하지.

집에서 실종신고를 할지 모른다는 생각이 갑자기 들어, 절에 온 지 나흘 후 하나밖에 없는 누이동생에게 편지를 보냈다.

— 나는 죽지 않았다. 속세를 떠났을 뿐이다. 찾을 생각을 하지 않았으면 좋겠다. 어머님을 잘 모셔주기 바란다. 나는 깨달음이 있을 때 집에 돌아갈 것이다 …

고 간단히 썼다.

　머리를 깎고 2년쯤 지난 어느 날, 고광호는 하산했다. 3년 안에 절을 떠나지 않겠다던 결의는 까맣게 잊어버렸다. 2년의 사찰생활은 그에게 20년이나 된 것 같았기 때문이다.

　고광호는 2년 동안 불교공부를 별로 하지 않았다. 스님을 따라 새벽 예불에는 자주 들어갔다. 예불시간에는 딴생각만 하다가 스님이 불상에 경배를 하면 그도 열심히 절을 했다.

　"부처님, 제가 잡념에 빠지지 않게 해 주십시오. 마음을 비울 수 있게 해 주십시오"라고 빌기만 했다.

　고광호는 사찰주변의 산을 샅샅이 올랐다. 비가 오나 눈이 오나 거의 매일 오르다시피 했다. 어느 때는 주먹밥을 싸 들고 올라가 저녁 때 내려오기도 했다.

　그렇게 열심히 산에 다니면서 깨달음이 있었다면 '정치는 속인(俗人)이 하는 것'이라는 깨우침이었다.

정치를 하려면 얼굴이 두껍고 심장에 털이 나야 한다
고 그는 단정을 지었다. 선거 중에 그런 것을 겪었다.

함께 입후보한 후보들이 얼굴을 맞대면 그렇게 친절
할 수가 없는데 뒤에서는 다른 후보를 모함하고, 돈이
별로 있을 것 같지 않은 후보가 어떻게 돈을 긁어모아
그렇게 펑펑 쓰는지 알 수가 없었다.

절에서 내려오는 산길은 입산할 때와 변함이 없었
다. 양쪽에 소나무가 늘어선 흙길을 걸으며 한 가지 후
회스러운 일이 가슴에 사무쳤다. 어머니에게 불효했
다는 생각이다. 그리곤 앞으로 잘 모시겠다고 다짐했
다. 결혼을 하게 되면 모시고 살고, 용돈도 자주 넉넉
히 드리겠다고 마음먹었다.

서울에서 살던 집에 들어서니 누이동생이 눈이 휘둥
그레졌다. 첫마디는 "오빠가 집을 나간 후 어머니가 줄
창 앓아누워 계신다"였다. 고광호는 가슴이 철렁했다.
하마터면 주저앉을 뻔했다. 동생의 두 번째 말은 "아

니, 왜 그렇게 연락을 안 했어요?"였지만 고광호는 아무 대꾸를 하지 않았다.

누이동생은 그동안 결혼을 해 광호 집에 살고 있었다.

그 나름의 깨우침 때문인지 고광호는 산에서 내려온 후 신문의 정치면은 전혀 보지 않았고 TV뉴스에서 국회나 정당얘기가 나오면 채널을 돌려버리는 습관이 붙었다. 정치얘기는 아예 입에 담지도 않았다.

고광호는 아파트 거실 소파에 기대앉아 담배를 피워물고 김주희가 이혼얘기를 꺼낼 때의 일, 절을 찾아 올라가던 산길, 다시 절을 떠나 하산할 때의 소나무 길을 번갈아 떠올렸다.

─나는 다시 절에 들어가지는 않는다. 선거에 떨어졌을 때는 대인 기피증이 생겼지만 나는 이제 공장 사람들을 만나야 하고, 또 아들 동수도 가끔 봐야 한다.

─산에서 내려오기 며칠 전에는 섬유회사 경험을 살려 중국이나 베트남에 가서 봉제사업을 해야겠다고

마음먹었는데, 주희와 헤어져 홀로 산길을 다시 내려오는 신세가 된 이 마당에 어떤 구상을 해야 하나.

담배 두 대를 연거푸 입에 물고… 이혼절차는 천천히 하는 게 좋고, 주희가 서두르겠다면 그렇게 하고, 이혼했다는 말은 당분간 아무에게도 안 한다. 누가 물으면 별거 중이라고 얼버무린다. 나중에라도 주희에게 재결합얘기는 안 꺼낸다. 그렇게 쌀쌀맞은 여자와 살 필요가 없다. 재혼은 생각 않기로 한다. 혼자 살면 얼마나 자유스러운가. 결혼생활이란 한 3년 경험해 보면 그것으로 족하지….

선거에서의 낙선과 이혼 ─. 그 충격을 비교하면서 고광호는 비로소 냉정을 찾은 듯했다.

재판정에서 이러쿵저러쿵 다투고 싶지 않다는 생각이 먼저 들었다. 여자를 잠깐 사귄 것뿐이라느니… 나는 이혼을 하지 않고 원만한 가정을 꾸려 나가고 싶다느니… 하는 구차한 얘기를 하고 싶지 않았다. 그런 애

기가 주희나 재판장에게 먹혀 들어가겠나… 하는 생
각도 들었다. 더구나 위자료 문제에 들어가서는 그렇
게 많이 못 주겠다느니… 하며 다투고 싶지 않았다.

　─주희는 이혼하더라도 친척처럼 지내자고 했지?
… 법정에서 다투고서야 그렇게 지내게 되겠는가?….
조용히 좋게 헤어져야 나중에 다시 결합하더라도 그것
이 가능한 것 아닐까?….

　마침 내달에는 동대문시장의 의류회사에 찾아가 중
국에서 일할 디자이너를 알아볼 작정이었다. 그때 등
기를 보낸 변호사를 만나 주희와 합의를 보겠노라는
얘기를 해야겠다고 생각했다.

　─주희에게는 지금 살고 있는 아파트를 넘겨주고,
재가할 때까지는 살기에 불편하지 않게끔 생활비를 대
주겠다고 하면 되지 않을까?….

　─동수는?…. 동수는 주희가 키우도록 하되 대학까
지의 학비는 대 주고, 내가 만나고 싶을 때는 아무 때
나 볼 수 있어야 한다고 해야지….

고광호는 그렇게 마음을 정리했다.

고광호는 이혼소장을 받고난 후 회사일이 손에 잘 잡히지 않았다. 회사 간부회의도 하기 싫고, 거래선을 만나도 전처럼 말이 술술 나오지 않았다.

그는 예정을 앞당겨 서울로 갔다.

공항에서 집으로 가는 차 속에서 생각했다. 조만간 집을 나와야겠다. …따로 집을 얻기보다는 당분간 어머니 집에 묵어야겠구나…. 주로 중국에 머물게 될 테니까….

집에는 동수를 만나러 올 때나 오게 되겠지… 라고 생각하니 눈물이 날 것 같았다.

그날 저녁 고광호는 주희에게 할 말을 다 했다.

"내가 조금 사귀던 여자를 정리했다는데도 이혼하겠다는 거지?"

"그래요."

"창춘에서 이혼소장을 받았어…. 그런데 …법정에

나가 재판장 앞에서 이러쿵저러쿵 할 생각이 있어?….
내가 일단 집을 나갈 테니 이혼 절차는 1년이나 2년 후
에 마치자구. 사실상 이혼상태로 말이야. 빈손으로 헤
어지자고 할 수 없으니 위자료조로 10억 원을 주겠어.
집은 당신 이름으로 돌리고…. 생활비는 지금 주는 대
로 그냥 보내 줄 테니까 ….”

말을 끝내고 주희의 반응을 기다렸으나 아무 말이
없었다.

“동수가 많이 걱정이 되는데… 대학 졸업 때까지는 내
가 학비를 대 줄 테니까 …. 이번엔 한 일주일 일을 볼 거
고 내달쯤 다시 와서 내 옷가지를 싸 가지고 나갈 거야.”

다시 침묵이 흘렀다.

“어디로 가시나요?”

“어머니 집으로 들어갈까 해…. 우선 내일부터 일주
일 동안도 어머니 집에 있을 거야. 내가 이혼했다면 어
머니가 너무 놀라실 거니까, 우선은 당신과 싸워서 나
왔다고 해 놓고, 이혼할 거라는 얘기는 천천히 하지

뭐…."

다시 침묵이 흘렀다.

어디로 가느냐고 묻는 것은 그래도 3년 동안 함께 산 정 때문에 걱정스러워 묻는 건지, 다른 여자 집에 가는가 궁금해서 묻는 건지 고광호는 알 수 없었지만 그조차 묻지 않는 것보다 낫구나 하는 생각을 했다.

"그러니 내일이라도 변호사를 찾아가 이혼소송을 취하하겠다고 해."

이번에도 주희는 가타부타 말을 하지 않았다.

고광호가 집을 나가기로 쉽게 결정한 것은 여행을 마치고 돌아온 후에도 주희의 마음은 조금도 달라진 것이 없는 것 같았기 때문이다. 거기다가 사촌형이 소개한 역술가의 말이 머리에서 떠나지 않은 탓도 있었다. 그는 "헤어지는 것은 빠를수록 좋다"고 하지 않았던가.

한 달 후 고광호는 다시 서울에 왔다. 10억 원이 들어가 있는 예금통장을 주희에게 건네주고 자기 옷가지를 차곡차곡 두 개의 트렁크에 챙겨 넣었다. 다음날, 아침을 먹고는 바로 트렁크를 옮길 작정이었다.

— 동수는 어떻게 하고 떠나나?….

고광호는 떠나는 것이 문제가 아니라 동수 생각만이 머리에 꽉 차 있었다. 동수가 있을 때는 도저히 집을 나갈 수가 없을 것 같았다. 그 시간까지 동수가 자고 있으면 다행이고, 일어나 있으면 아이 보는 여자더러 데리고 나가 놀다 오라 해 놓고 내가 나가야지… 하는 생각을 했다.

그런 생각을 할 때도 가슴이 찢어지는 것 같았지만, 막상 동수를 내보낼 때 고광호는 돌아서서 눈물을 훔쳤다. 속으로는 자주 보러 올게… 가끔 놀이터에 데리고 나갈게… 다짐하면서 눈물이 나오는 것을 참을 수 없었다.

한 달 전 남편이 다녀간 후 주희는 변호사를 만났다.

여행을 떠나기 전에 이혼소송을 의뢰했던 변호사를 찾아가 이혼소송을 취하하겠다고 했다.

변호사는 별로 좋은 표정이 아니었다.

"남편과 무슨 얘기가 잘 됐습니까?"

"헤어지기로 했고요… 이혼의 법적 수속은 조금 천천히 하기로 했어요."

"후회하시지 않겠지요?…. 소송을 취하했다가 얼마 후 다시 찾아오는 사람이 더러 있기 때문에 하는 말씀입니다. …"

이혼 전문 변호사는 될 수 있는 대로 많은 사람들이 이혼하기를 바라겠구나 … 하는 생각을 하면서 주희는 변호사 사무실을 나섰다.

남편 말대로 법정에 가서 이러쿵저러쿵 하는 얘기를 안 하게 된 것은 다행이라는 생각도 들었다.

변호사 사무실을 나서니 거리가 한결 밝아 보였다. 유난히 파란 하늘도 눈에 들어왔다.

― 나는 나비다 … 편안한 마음으로 날자 … 는 생각

을 하니 몸도 가뿐해지는 것 같았다.

　남편이 짐을 싸 가지고 떠난 날 밤 주희는 한잠도 못
잤다. 어떻게 사느냐를 걱정해서가 아니다. 그녀는 아
들 동수를 잘 키운다는 것, 사는 동안 어떻게 해서든지
아버지 어머니 소식을 알아본다는 것 그 두 가지를 위
해 산다는 것이 언제부터인지 머리에 신앙처럼 박혀
있었다.

　왜 잠이 안 올까⋯. 그 두 가지 목표가 어두운 창밖
의 저 먼 구름 위에 있는 것 같기 때문일까⋯. 주희가
잠을 이루지 못하는 것은 생각이 많아서가 아니었다.
생각의 갈피가 잡히지 않아 답답하기 때문에 잠이 안
오는 것이었다. 새벽녘에 간신히 갈피를 잡은 것은 이
것이었다.

　─나에겐 동수만 있으면 된다. 그 애와 즐겁게 살
것이다. 어떻게 즐겁게?⋯. 그 애를 자동차에 태우고
내가 운전해서 쭉 뻗은 길을 달리면 얼마나 행복할

까…. 어쩌다 에버랜드에도 데려가고 백화점 구경도 가고… 그리고?…. 마종구와 전화나 편지를 자주 하자고 했고 언젠가는 다시 만나기로 했으니까 그 즐거움으로 살면 되지. 전화와 편지, 그리고 재회의 약속은 틀림없이 이루어지리라는 믿음이 조금도 흔들린 적이 없었기 때문에 주희의 마음은 아주 편안했다.

주희는 동물세계의 TV 다큐멘터리를 보고 감탄한 적이 있다. 북극의 어미곰은 어린 새끼를 데리고 먹잇감을 구하기 위해 얼음판과 눈 쌓인 들판을 헤매고, 수곰은 암컷을 찾기 위해 얼음판과 눈 들판을 헤매는 화면이었다.

그녀는 또 암거미는 새끼를 부화하면 수거미를 물어 죽인다는 얘기를 들은 적이 있다. 수거미는 역할을 다 했고, 암거미는 새끼를 돌보는 데 전념하기 위해서라는 것이다.

주희는 아들 동수를 열심히 키울 생각이지만 거미처럼 고광호를 떨쳐 버릴 생각은 안 했다. 오히려 고광호

자신이 떨쳐 버림을 당하는 길을 스스로 택했다는 생각을 했다. 그리곤 어미곰처럼, 암거미처럼 열심히 동수를 키우겠다고 거듭 다짐했다.

— 동수는 어떻게 키울 것인가. … 무슨 공부를 시키나 ….

이 궁리는 한두 번 한 것이 아니다. 그러다가 어느 날 번뜩 떠올랐다.

— 외교관을 시키자!고…. 외교관은 세계 곳곳을 훌훌 나다니고… 얼마나 멋있는가. 그뿐인가. 북조선으로 줄을 대서 외할머니 외할아버지를 찾는데도 외교관이 제일 좋을 것 같은 생각이 들었다.

주희가 구청 복지회관의 영어 초보강의를 듣기로 한 것은 동수를 외교관 공부를 시키자면 자신이 영어를 좀 알아야 뒷바라지를 해 줄 수 있을 것 같아서였다. 그뿐이 아니다. 크루즈여행을 하면서 영어를 한마디 못 알아듣고 한마디도 말할 줄 모르니 얼마나 답답했었나.

영어를 못하면 사람 구실을 제대로 못하는구나 … 라는 생각을 그때 주희는 절실히 했다.

주희 생각에 남편이 장 박사네와 관광 다니는 것을 피한 이유 중의 하나도 영어가 안 되었기 때문이라고 짐작을 했다. 배 안에서나 울림피아에서 장 박사 부부는 거침없이 영어를 썼다. 그러나 남편은 시종 벙어리였지 않은가 ….

하루는 아침식사 중에 장 박사가 남편에게 물었다. "어젯밤 방에서 혹시 TV뉴스 보셨나요? 서울의 주미 대사에게 어떤 놈이 칼질했다는 게 BBC뉴스에 나오드만요."

남편은 대꾸할 말이 없었다. 선실에 있는 TV에는 BBC와 NCBS 뉴스, 그리고 배에서의 안전수칙 방송이 계속 나오는 듯했는데 남편은 영어에 관해 벙어리 귀머거리에 다름없는 듯했다.

― 그래, 영어를 배우자. 인사말이라도 주고받을 줄 알면 얼마나 좋겠는가. 그리고 동수의 영어 공부를 옆

에서 도와줄 수 있으면 얼마나 대견할까⋯. 또 종구를 외국에서 만나게 될지 서울에서 만나게 될지 모르지만 혹시 외국에서 만나게 되면 종구가 영어를 좀 하겠지만 나도 영어로 의사가 통하면 더 편해지고 종구가 아마 놀랄 것이라는 데까지 생각이 미쳤다.

그래서 주희는 복지회관의 영어강의에 하루도 안 빠지고 나가기로 단단히 마음을 먹었다.

6
목마른 나무

2015.6.14

남편과 이혼 문제를 끝내 놓고 보니 주희는 마음이 홀가분해졌다. 아들 동수를 애 보는 여자가 동네 놀이터에 데리고 나가면 그녀는 이런저런 상념에 빠지곤 했다.

김주희는 크루즈에서 지나던 일을 많이 생각했다. 마종구를 만났던 일은 떠올리고 떠올려도 즐거운 일이었다. 처음 만나서 반가웠던 일, 불과 3, 4분이지만 갑판에 마주서서 얘기를 나누던 일, 택시 안에서 손을 잡고 이스탄불에 가던 일, 오픈카페에서 커피를 마신 후 우산을 함께 쓰고 걷던 일이 꿈결 같았다.

로마에 돌아오기 전날 밤, 갑판에서 만났던 일은 긴

여운을 남겼다.

밤 열시 반쯤인가, 공연장에서 열린 마지막 쇼를 보고 주희는 풀사이드에 들렀다.

종구가 자기를 만나려고 풀사이드에 있을 것 같아서였다. 마지막 쇼는 불과 물의 마술, 그리고 선원들의 합창이었고 선장이 나와 간부 선원과 제니터(청소부), 하우스키핑, 워셔(식당 앞에서 손 소독약을 뿌려 주는 사람), 웨이터로 합창단을 구성했다며 일일이 소개했다. 웨이터와 워셔 중에는 낯익은 얼굴도 있었다. 그러나 김주희는 마지막으로 마종구를 만날 생각에 쇼나 합창 단원 소개가 별로 눈에 들어오지 않았다.

8층 공연장에서 나와 바람을 쏘이겠다며 혼자 12층 데크로 올라가자 바 BALI HAI 앞에 종구가 팔짱을 끼고 서 있었다.

"쇼가 끝날 시간이 돼서 주희가 올 줄 알았지…."

근무자는 손님과 함께 의자에 앉아 함께 차나 맥주를 마실 수 없기 때문에 바다가 내다보이는 난간 옆에서 둘은 말을 나누었다.

"앞으로 서로 연락할 약속을 하지 않았기 때문에 오늘 꼭 봐야 했던 거 아냐?"

"그 일 아니면 안 만나려고 했나?"

주희는 웃으면서 대답했다.

두 사람은 그동안 여러 차례 만났지만 이스탄불에 기항했을 때 말고는 배에서 기껏 2~3분 만날 수 있을 뿐이었다. 앞으로 서로 전화를 할 것이냐, 편지를 할 것이냐에 대해 의논을 못했기 때문에 주희도 바로 그 얘기를 할 참이었다.

여행을 떠나오기 전에 이미 이혼소송을 변호사에게 부탁했다는 얘기를 이스탄불 카페에서 이미 말했었다. 주희는 그 얘기를 이어가듯이 말을 했다.

"앞으로 한두 달 후면 이혼 절차가 끝날 것 같아. 그러면 아들만 데리고 혼자 살게 될 테니까 아무 때나 전화해도 돼. 편지도 좋고…. 주소는 내가 적어 왔지…. 전화번호도 …. 내가 종구 씨에게 전화해도 되지만 워

낙 일이 바쁘니까 시간 날 때 내게 전화를 해줘. 밤도
좋고 낮도 좋으니까 ….”

“전화를 매일 걸어도 돼?”

“시간 없는데, 농담하지 말고…. 한 달에 최소 두 번
은 소식을 나누어야지?….”

“그야 말할 것도 없지…. 그런데 우리는 언제 또 만
나나?”

“언젠가는 또 만나게 되겠지 뭐….”

두 사람은 그렇게 간단히 대화를 끝냈다. 할 얘기는
아직도 태산 같았다. 두 사람은 서로 마주 보고 한참을
서 있었다. 주희는 이스탄불의 택시 속에서처럼 등과
허리에 땀이 나고 있는 것을 느꼈다. 포옹을 하고 한참
을 서 있고 싶은 생각은 두 사람이 같았다. 데크에는
아직도 서성대는 사람이 있어 그러지도 못했다. 더구
나 종구는 선원이 승객과 포옹하는 것을 다른 선원이
보면 문책감이라는 것을 알기 때문에 포옹은커녕 주희
의 손을 잡을 엄두도 못 냈다.

데크의 밤공기는 제법 쌀쌀했다. 보름달에 가까운 둥근달은 밤바다에 금빛 카펫을 깔듯 그렇게 아름답게 달빛을 뿌려 놓았다. 밤바다를 내다보며 밤새도록 서 있으라고 해도 좋을 것 같았다. 두 사람 모두가 그런 감정에 빠져 있음이 분명했다.

김주희는 그때 본 밤바다를 선명하게 기억했다. 그리고 마종구를 만난 횟수를 헤아려 봤다. 아테네에 기착한 날 저녁때 처음 만났고, 로마에 귀항할 때까지 7일 동안 다섯 번을 만났다. 그것도 12층 데크에서만. 이스탄불에서 함께 몇 시간 만난 것을 빼면 배에서 만난 시간을 따져 보니 모두 20분도 안 될 것 같았다.

— 우리가 만난 시간은 너무 짧다. 우리는 할 말이 얼마나 많은가…. 언젠가는 큰 이삿짐을 풀듯이 그 많은 얘기를 도란도란 나눌 기회가 있으리라는 생각을 짐작이 아니라 확신으로 마음에 담았다.

이상한 것은 올림피아고 나폴리고, 경관 좋은 도시,

유명한 유적지를 많이 다녔지만 그 기억보다는 장 박사 부부와 함께 지낸 시간이 가끔 떠오르는 것이다. 특히 그 부부가 나누던 말 … "이 양반은 집에만 박혀 있어요", "난 당신과 함께 있는 게 행복해서 그래…." 남에게 남편 흉을 보는 것은 좋은 일이 아니지만 장 박사 부인의 말은 흉을 보거나 바가지 긁는 것이 아니라 응석을 부리는 것으로 들렸다.

우선 미소를 띠운 표정이 그러했다. 또 부인의 말을 받는 남편의 말도 애교가 있었다. 두 사람의 표정은 밝고 즐거웠다. 부부란 이래야 하는 거지… 라고 부러워했다.

한 번은 식사 자리에서 남편이 고등학교 때 농구 선수였다고 자랑을 했다. 이 말을 듣고 장 박사가 "나도 고등학교 때 농구를 했는데요…" 라고 말해 어느 고등학교가 농구가 강했다느니, 농구 시합은 재미있는 운동이라느니 하면서 죽이 맞았다.

장 박사 부인은 이 광경을 보고 또 찬물을 끼얹었다.

"넷이 앉았으면 공통의 화제를 꺼내야지, 벌써 몇십 년 전 얘기를 두 분이서만 하면 어떻게 해요. 우리는 하나도 재미없네…"라고 해서 모두 웃었다. 이렇게 재미있게 식사를 했기 때문에 가끔 그들 생각이 난 모양이었다.

고광호라는 남자는 어떠했는가. 남에게 친절하고 배려가 많은 것은 사실이지만 진정성 반, 위선 반이라고 주희는 생각했다. 자기에 대해서도 그랬다. 애정은 없고 그냥 장식품이었다는 생각이 들었다. 김주희는 자기와 고광호 사이, 그리고 장 박사 부부를 자꾸 비교하게 되었다.

그래서 결론을 내렸다. 나와 남편은 좋은 부부로 산 것이 아니라 그냥 동거를 한 것이라고….

돌이켜 생각해 보니 남편이 자기를 데리고 영화나 음악회를 한 번도 간 적이 없다. 배에서 지내는 동안에도 마술을 하는 날 한 번만 함께 가고(그것도 장 박사네와 넷이) 더 이상 공연장에 가지 않았다. 음식에 관해 아는 것이 많은 듯했지만 분위기 있는 식당에서 저녁을 먹은 적도 없다. 기껏 동수를 데리고 에버랜드에 가서 점심을 한 번 먹었고, 동네 중국집에 셋이 몇 번 간 것뿐이다.

슈퍼마켓에 가 보면 함께 장을 보러 온 젊은 부부, 노부부가 적지 않게 눈에 띄지만 남편과 백화점이나 슈퍼마켓을 함께 가 본 적이 없다.

주희는 생각했다.

─내가 만일 남포에서 평범하게 살았고 종구와 결혼을 했으면 남편과 함께 초라하나마 장마당에 자주 나가지 않았을까…. 아마 바람 쏘이러 해변가에 자주 나갔고 섭죽도 가끔 사 먹었으리라… 생각했다.

마종구로부터는 몇 차례 전화가 왔다. 첫 전화는 귀국한 지 닷새 만이었다.

"무사히 돌아갔느냐"는 안부 전화였다. 자기는 BALI

HAI에서 City Garden이라는 레스토랑으로 자리를 옮겼다고 했다. BALI HAI에서는 맥주, 와인, 칵테일 외에 식사로는 샌드위치와 핫도그만 취급했는데 City Garden은 BALI HAI보다 훨씬 넓고, 얼마나 많은 요리를 만드는지 그 식재료의 이름 외우기에도 힘이 든다고 했다.

"거기가 어딘데, 쉬운 일이 있겠어? 그래도 열심히 해야지…. 나는 별일 없고, 종구 씨를 언제쯤 만나게 될까 하는 생각만 하고 지내…."

"아주 좋은 얘기야. 나도 그런 생각을 하는데 얼마나 골똘히 생각하는지, 병이 날 지경이야 … 하하."

"그러면 됐네…. 병까지는 나지 말고 … 그날을 기약하고 전화는 고만 끊자구 … 전화비도 비싸게 나올 텐데…."

"그럼 또 전화할게. 나는 곧 교육에 들어가야 해. 약속대로 전화는 보름을 넘기지 않을 거야."

두 사람은 아무런 가식이 없고 형식이 없는 대화를

했다. 어린애 같은 마음으로 대화를 했다. 종구의 전화는 김주희에게 생활의 영양소이고 향기였다.

고광호는 집을 나간 후 생각보다 동수를 보러 자주 오지 않았다. 동수도 아빠를 그다지 찾지 않았다.

"아빠 언제 와?" 소리를 한 번인가 두 번밖에 하지 않았다. 그것은 아빠가 중국에 많이 머물렀기 때문이기도 하지만 아이 보는 여자가 동수를 잘 돌봐 주기 때문인 것 같았다. 말이 헤프지 않은 그 여자가 동수와는 재미있게 얘기를 많이 하고 밖으로도 잘 데리고 나갔다.

고광호가 집에 자주 들르고, 동수가 아빠를 자주 찾으면 어쩌나 싶었는데 그렇지 않은 게 천만다행이었다 —— 아빠는 동수를 보고 싶겠지만 나를 만나는 것이 유쾌하지 않아 발길을 줄였겠지… 하는 생각도 들었다.

고광호라는 남자가 조용히 혼자 살 사람이 아니라는 것을 김주희는 익히 알고 있다. 그러거나 말거나 모두 나와는 모두 상관없는 일이라고 그녀는 생각했다. 단지 회사 형편이 좋아졌으면… 하는 생각이 들었다—
나는 마음씨 나쁜 여자는 아니지… 라고 자기 평가를
하면서.

　주희는 마음이 편하고 때로는 행복감에 빠지기도 하
는데 이상하게도 몸 컨디션이 별로 좋은 편이 아니었
다. 로마에서 서울까지 13시간이나 비행기를 타고 왔
을 때 피로감이 몰려왔는데 그 영향 때문인지 두 달이
지나도 기운이 빠지는 듯하고 가끔 숨이 차 왔다. 걷는
다고 해야 영어학원에 갔다 오는 것이 고작인데 구청
복지관의 계단을 오르내리기가 점점 힘들어졌다.
　—나는 죽어도 좋지만 동수를 고아로 만들 수는 없
지!… 부모님 소식은 알아보고 죽어야 하지 않나?….
그리고 죽더라도 마종구 한번 만나보고 죽고 싶다…
는 생각이 간절했다. 몸이 편치 않은 것을 하소연할 사
람도 없었다. 하는 수 없이 앞집 여자를 만나 이런 저
런 얘기를 하다가 의논을 했다.

그 여자는 간호사 출신답게 명쾌하게 말했다.

"얘기를 들어 보니 단순히 피로가 몰려서 그런 것 같지 않네…. 어디가 나빠져서 그럴 수도 있으니까 병원에 가 봐요. 동네병원 가지 말고 큰 종합병원에 가야해. 우선 여러 가지 검사를 해야 하니까 …."

앞집 여자를 만난 지 이틀 후, 김주희는 일산에 있는 큰 병원 내과를 찾아갔다. 의사는 증상을 묻더니 우선 몇 가지 검사를 하자고 했다. 혈압검사, 혈액검사, 심전도검사를 받았고 예약시간을 받아 다음날에는 갑상선 스캔, 초음파 조직검사, CT, MRI를 찍었다.

그뿐이 아니었다. 또 다음날에는 영상의학과에서 방사선 검사, 내분비센터에서 내분비검사를 받았다. 검사로 지칠 판이었다.

결과는 일주일 후에 나왔다.

예약시간에 맞추어 진료실에 갔으나 앞뒤로 50명쯤이 진료를 받는 것 같았다. 김주희는 예약시간보다 많이 늦게 의사선생을 만났다. 30분이나 기다려, 의사를 만난 시간은 2분이 채 안 되는 것 같았다.

이상한 것은 의사가 눈을 한 번도 맞추지 않는 것이었다. 컴퓨터 모니터의 화면만 들여다보고 주희의 얼굴도 쳐다보지 않았다.

— 내과 의사가 환자의 얼굴색도 안 살피고 눈빛도 볼 생각을 않는가?….

의사는 계속 화면을 보면서 말을 했다. 기계에서 사람 목소리가 나오는 듯했다.

"신장이 조금 나빠진 것 같은데… 염려할 정도는 아니고… 음식을 짜게 먹지 말아야 합니다. 관상동맥 두 군데가 좋지 않은데… 가는 혈관이어서 수술하기가 쉽지 않을 테니… 우선 약물 치료를 하기로 하고… 두 달 후에 다시 오십시오."

의사의 말은 이것이 전부였다. 주희는 처방전을 받아 병원을 나섰지만 약을 바로 살 마음이 내키지 않았다.

다음날 주희는 앞집에 건너갔다. 커피를 마시며 하

소연을 했다.

"어제 병원에 갔었는데 말이에요. 무슨 의사가 그렇지요? 눈 한번 얼굴 한번 쳐다보지 않데요…. 기계하고 잠깐 얘기하고 나온 느낌이에요. 검사는 별의별 걸다 했어요. 사흘 동안…. 신장이 조금 나빠지고, 관상동맥 두 군데가 조금 막혔다나요…. 두 달 후에 다시 오라는데, 처방해 준 약은 별로 먹고 싶은 생각이 안나네요. 한의원에 한번 가 볼까 하는 생각도 들고…."

"한의사는 찾아갈 필요 없을 것 같고…. 요즘 의사들 다 그래…. 대학에서 교육을 잘못 시키나 봐…. 아이 아빠 친구 중에 내과 의사가 있는 것 같던데… 그걸 알아보고 소개해 줄 테니 다른 의사를 한번 만나 봐요. 2차 진료라는 게 꼭 필요하니까 …."

며칠 후 앞집에서 소개해 준 대로 강남에 있는 병원을 찾아갔다. 앞집 '형님'의 말대로 일산병원에 다시 가서 진료기록을 받아 강남의 병원으로 갔다.

진료실에 있는 간호사에게 진료기록 사본을 청했더

니 20분을 기다리라는 말 한마디 외에는 다른 말은 한
마디도 없고 표정도 무표정이었다. 그 의사 밑에 그 간
호사였다.

앞집 형님 말로는 병원마다 의사 개인의 매출액을
통계내고 있기 때문에 의사들이 필요 이상의 검사를 시
킨다는 것이다. 말하자면 개인 사업부제를 시행하기
때문에 한 의사가 하루에 환자를 60~70명씩 보고, 그
래서 환자를 제대로 상대해 주지 못한다는 것이었다.

주희가 찾아간 의사는 대학부속병원의 순환기내과
과장이었다. 외래 진료실이 아니라 과장실로 약속되
어 있었다.

과장 선생의 책상 옆에 앉자마자 주희는 깜짝 놀랐
다. 책상 위에 놓인 팻말 때문이었다. 두 줄로 굵은 활
자체의 글씨가 눈에 박히듯 들어왔다.

'환자와 눈 한 번 더 맞추기', '비누로 손 더 자주 씻
기'라는 글이 인쇄체로 붙어 있는 것을 보니 병원에서

배포한 팻말인 것 같았다.

　―실은 어느 병원에 갔더니 의사 선생님이 눈 한번 맞추지 않아 실망해서 여기 오게 됐다고 얘기하고 싶었다. 하지만, 수다스럽다는 인상을 남기고 싶지 않아 입을 다물었다.

　과장 선생은 진료기록을 자세히 들여다보더니 청진기를 가슴에 대 보고 혈압을 다시 재 보았다.

　과장은 혹시 처방전을 받은 게 있느냐고 했다. 핸드백에서 꺼내 준 처방전을 잠시 훑어보더니 "이런 처방도 괜찮지만 내가 다시 처방전을 써 줄 겁니다"라고 했다. 얼굴을 마주보고 얘기하기 때문에 믿음과 호감이 갔다.

　"큰 걱정은 하실 게 없고… 심혈관에 약간의 문제가 있습니다. 우선 약을 제 시간에 잘 드시고… 몇 가지 말씀 드리지요. 담배는 물론 안 하실 테고… 앞으로 담배 피우는 사람은 옆에도 가지 마십시오. 또 뜨거운 사우나에 너무 오래 계시지 말고, 따뜻한 물에 좌욕은 괜

찮지만 냉온탕은 하지 않는 게 좋습니다. 그러실 일은
별로 없겠지만 격앙되게 흥분하는 것, 화내는 것, 무
리하게 등산 따위 운동하는 것도 좋지 않습니다."

이 말을 들을 때 주희 머리에 마종구가 스쳐갔다. 배
에서 그를 처음 만났을 때 가슴이 얼마나 쿵쿵거렸
나…. 그 후 몇 차례 만날 때마다 가슴이 뛰었지만 처
음 만난 날은 숨이 멎을 듯하지 않았는가 …. 그때 너무
격앙된 것이 나빠진 이유인가 … 하는 생각이 들었다.
과장 선생은 석 달 후에 다시 와서 한두 가지 검사를 해
보자고 했다.

새로 받은 처방전은 일산병원에서 해 준 처방보다
약이 한 가지 적은 듯했다.

병원을 나서면서 이 병원에 오기를 잘했다는 생각이
들었다. 일산의 그 '기계의사'는 흥분이 안 좋다는 말
도, 사우나, 등산, 냉온탕은 하지 않는 게 좋다는 얘
기도 해 주지 않았다는 것 때문에 그러했다. 그리고 한

가지 생각이 번뜩 들었다. 남편이 담배를 많이 피웠기 때문에 내 건강이 나빠진 게 아닌가 … 앞으로 담배 피우는 사람의 옆에도 가지 말라지 않든가 ….

마종구는 김주희가 서울로 돌아간 후 조금 쓸쓸한 생각이 들기는 했지만 생활에는 활기가 있었다. 마종구가 생각하기에도 자신의 선원생활은 주희를 만난 후 확연히 달라졌다. 주희를 만나기전, 종구에게는 뚜렷한 목표, 야심이 없었다. 땅을 밟고 사는 것은 상상을 못했다. 배에서 열심히 일해 모범적인 선원이라는 평가를 받는 게 목표라면 목표였다. 육지에 내려 봐야 갈 곳이 있나, 아는 사람이 있나 ….

선원생활도 그렇다. 종구보다 나중에 배에 온 사람은 벌써 20명이 넘어, 종구는 제법 자리가 잡힌 선원 축에 들었다. 그러나 말을 터놓고 지내는 동료는 없었다. 제대로 말이 통해야 친구가 생기지…. 서툰 영어 몇 마디, 간신히 의사가 통하는 중국어로는 친구가 생길 수 없었다. 말을 자유롭게 할 수 있는 상대는 한국인 승객뿐이었다.

"한국에서 오셨군요?"라고 인사를 건네면 "아, 한국분이시구먼. 반갑습니다. 한국인 선원은 몇 분이나 됩니까?"

"저 혼자입니다."

"아 그렇군요. 그러면 좀 외로우시겠네요…."이런 대화 정도였다.

대화는 1~2분을 넘지 못했다. 그것도 기껏 열흘….크루즈가 끝난 후 더 이상 안부를 주고받은 사람은 아무도 없다.

이렇게 살다 보면 결혼은 어떻게 하나… 여자 선원 중에서 눈이 맞아 결혼을 할 수 있을지도 모른다. 배에서 함께 살게 될지도 모른다. 그러나 선원 부부가 아이를 낳았다는 얘기는 듣지 못했다. 아이를 낳게 되면 여자는 그만두거나 휴직을 하게 되지 않을까 하는 짐작이 갈 뿐이었다.

어쨌든 죽을 때까지 뱃사람이 될 수는 없다. 그렇다고 언제 어떻게 선원생활을 졸업하느냐에 대해서는 아무런 방책이 없었다. 5년 후에 생각할 숙제로 남겨 두었다.

그런데 김주희를 만난 후 마종구의 생활은 어떠한가. 완전히 달라졌다. 세상은 밝아지고, 스스로 생각을 해도 활기가 생겼고 무슨 희망에 부풀어 붕 떠 있는 듯했다. 한 달에 두 번쯤 주희에게 전화하는 깃은 더없는 즐거움이다. 그녀를 언제쯤 어디서 만나게 될까 … 를 생각해 보는 것은 바로 행복이었다.

마종구는 김주희를 만난 후 이제야 내가 사람이 되겠구나 하는 생각을 했다. 그런 느낌은 몽골의 울란바토르에서 국제난민증을 받고, 또 바로 유람선 선원으로 계약했을 때 이후 두 번째였다. 사람이 돼 가면 사람다운 대접을 받게 되고 사람다운 구실도 하게 되겠다 싶었다.

그러면서 갑자기 몽골에 자신을 데려다 준 '임 박사'

와 차 안에서 한 약속이 머리에 떠올랐다. 임 박사는 마종구에게 성경공부를 하고 교회에 나가는 것, 그리고 형편이 피면 탈북자를 도와주라고 당부했고 종구는 은혜에 보답하기 위해 꼭 그러겠노라고 약속했다. 그 언약을 그동안 까맣게 잊고 있었는데 문득 생각이 떠오른 것이다.

— 그래, 은혜에 조금이라도 보답해야 한다는 다짐 끝에 우선 주희에게 전화할 때 성서를 구해 우편으로 보내달라고 부탁했다. 매주 일요일 저녁에는 채플(Chapel) 시간에 나가기로 했다. 승객들의 채플룸(예배실)은 7층에 있고 선원 채플룸은 3층에 있었다. 선원 중에 장로가 두 사람 있어 이분들이 교대로 예배를 주관했다. 일요일 아침 시간에는 가톨릭신자를 위한 미사가 있었다.

또 한 가지 약속은 당장 지킬 수 없는 일이었다. 그래서 5년 후 탈북자를 돕는 길을 찾아보기로 하고 3년 후부터는 그 비용을 위해 월급의 10분의 1을 별도로 적립하기로 했다.

마종구는 생각했다. 내가 왜 붕 떠있는 듯할까 ….
그것은 주희가 생활의 반려가 될 것 같은 느낌이 들기
때문인 것 같았다. 결혼을 할 수 있다면 그것은 최상이
고, 결혼을 하지 못할 사정이 있더라도 —지금으로서
는 그런 사정이 있을 것 같지 않지만— 가까이 지내게
될 것 같은 생각이 들었다.

　—그렇다! 내가 선원생활을 졸업한다면 어디서 살
겠는가? 달리 갈 곳이 없다. 주희 곁으로 갈 수밖에 없
다. 자주 볼 수 없더라도 좋다. 남포에서는 자주 보았
나? 배에서는 실컷 보았나?…. 주희와 이웃에 산다는
것만으로 족할 것이다 … 라는 생각이 들었다.

　종구 생각은 거기서 한 걸음 더 나아갔다. 남조선에
가서 주희가 사는 이웃에 자리를 잡는다면 어떻게 살
것인가 ….

　그 생각에도 자신이 붙어 갔다.

― 내게 특별한 기술이 있나…. 아는 것이 많은
가…. 하지만 배에서 익힌 것이 있지 않은가…. 핫도
그, 샌드위치와 파니니를 만드는 일이 있지 않은가….
핫도그 가게를 내자. 간판은 '제이드'라고 할까, 'BALI
HAI'로 할까 …. 둘 다 멋이 있지 않은가 ….

종구의 꿈은 점점 부풀었다. 몇 년 후의 구상인데, 마
치 며칠 후부터 일을 벌일 것처럼 이것저것 구상했다.

― 언제 주희를 만나게 되면 서울에서 핫도그가게
하나 내려면 돈이 얼마나 드는지 알아봐 달라고 해야
겠다. 가게는 클 필요가 없다. 의자는 7, 8개만 놓고
Take-Out으로 장사하면 되지…. 우선은 집도 필요
없지. 가게 한구석을 막아 침실로 쓰면 되지. 배에서
하듯 열심히 하면 밥이야 굶겠나 …. 가게를 차리는 데
에 주희가 여러모로 도와줄 테고 ….

종구의 꿈은 또 꿈을 낳았다.

― 가게가 잘되면 가게를 늘려 사람을 쓸 것이고, 체
인점을 낼 수도 있을 것이다. 그러면 집도 마련할 수

있고, 체인점이 늘어나면 나는 사장이 되는 거고.

　종구의 꿈은 시간이 갈수록 한 뼘 한 뼘 커 갔다. 꿈을 키워 가는 게 버릇처럼 된 것은 주희를 만난 후부터이다.

　김주희가 혼자된 지 석 달쯤인가. 그녀는 마종구로부터 두툼한 편지를 받았다. 주희는 아파트 현관의 우편함에서 세금고지서, 아파트 관리비 고지서, 동네 중국집 광고지, 학원 광고지 따위는 많이 꺼내왔지만 편지는 처음 받는 것 같았다.

　봉투 왼편 위쪽의 발신지는 로마의 치비타베키아항구 제 2부두로 되어 있고 마종구의 이름이 눈에 띄었다. 그 순간 주희의 가슴은 쿵쾅쿵쾅 요동쳤다. 무슨 정신으로 엘리베이터를 탔는지 모른다. 아파트 현관문을 열쇠로 따고, 그렇게 잽싸게 집에 들어선 적이 없었을 것이다. 그리고 바로 편지를 뜯었다. 손으로 쓴 편지는 다섯 장쯤 되었다.

주희에게.

서울에는 잘 돌아갔지.

나는 요즘 사는 게 너무 행복해. 주희를 만나고 나서부터야. 제이드호 갑판에서 우리가 만나다니…. 꿈에 상상이라도 했겠나 …. 살았는지 죽었는지도 모르고, 살았더라도 북조선 어느 구석에서 밥이나 제대로 먹으며 살고 있을까 … 라고 애태웠던 게 아닌가…. 우리가 만나게 된 건 기적이야. 누가 보아도 기적이야. 초라하게 만난 것도 아니고, 호화로운 여객선에서 멋쟁이 옷을 입은 여자와 번듯한 선원 제복을 입은 남자가 만나지 않았나.

또 우리가 이스탄불에 들러 함께 하루를 지낼 수 있었던 것은 무슨 행운인가. 시장거리를 나와 걷다가 오픈카페에서 함께 커피를 마실 때, 나는 더없이 행복했고 이대로 죽어도 여한이 없다고 생각했지. 그래서 나는 네 얼굴만 쳐다본 것 같아.

북조선을 어떻게 벗이나, 어떤 고생을 하며 여기까지 오게 됐는지 서로 할 얘기가 얼마나 많겠냐마는 그런 얘기도 제대로 나누지 못하고 … 그래서 행복하기만 했지.

그런데, 배로 돌아오는 길에 네가 얘기했지. 이번에 남편과 함께 온 여행은 이상한 여행이라고. 이혼을 앞둔 이별여행이라고. 남편이 주희를 인격적 대접을 하지 않아 이혼소송을 할 작정이라고.

남편이 주희를 제대로 사람대접을 안 해?…. 내가 그놈을 죽여 버릴까 … 하는 생각을 언뜻 했었지. 물론 엉뚱한 생각이야. 그것도 두 번이나.

주희가 서울로 돌아간 후 나는 아마 주희생각을 하지 않은 날이 하루도 없을 거야. 그래서 행복하게 지내고 있다는 거지. 그런데 주희를 만나고 며칠 지나서인가, 나는 이상한 꿈을 꾸었어. 소설 같은 꿈이야.

꿈에 나는 형무소에 있더군. 내가 제이드호에서 주희 남편을 밤에 갑판으로 불러내 아무 말도 없이 바다로 밀쳐 버린 거야. 사실은 첫날 만났을 때, 네가 남편과 함께 여행을 왔다고 했지. 그날 밤, 나는 주희 남편을 바다에 떨어뜨려 죽여 버릴까 하는 생각을 언뜻 한 거야. 살인죄로 들어가 있었던 거지.

하루는 한 이태리 사람이 나를 면회 왔어. 자기가

소설가라나. 통역을 한 사람 데리고 왔더군. 나를 주인공으로 한 소설을 쓸 작정이래. 처음에 나는 아무 말도 하고 싶지 않다고 인터뷰를 거절했지. 내가 화제가 되는 게 싫었던 모양이야.

그런데 이 소설가가 제의하는 거야. 이태리에서는 형기를 마치기 전에 모범수는 보석을 해 주고, 간혹 특사도 있고 해서 몇 년 후에 내가 나갈 수 있다더군. 그래서 내가 석방되면 나를 취직시켜 주거나 남조선으로 보내 주겠다는 거야. 인터뷰의 대가로 말이야. 또, 인도주의 입장에서 그렇게 하겠다는 거지. 남조선으로 보내 주겠다는 말에 귀가 번쩍 뚫려 인터뷰를 하게 됐지.

왜 탈북했느냐, 어떻게 탈북했느냐, 어떻게 제이드호 선원이 됐느냐, 남자를 왜 바다에 밀쳐 넣었느냐, 지금 심정은 어떠냐… 묻는 것도 많더군. 면회시간은 15분이야. 그래서 이 소설가는 석 달 동안 8번쯤 면회를 왔을 거야.

이 꿈이 소설 같은 꿈이라면 그 소설은 형편없는 소설이지…. 끝맺음이 없어. 그 후 석방이 됐는지, 남조선에 가게 됐는지… 어떻게 꿈에서 깨게 됐는지도 모르겠고…. 그래서 소설 후편을 기다리듯 그 꿈의 후속꿈을 꾸게 되었으면… 하는 마음이 간절했는데, 그 후속꿈은 안 꾸더군. 참 이상한 꿈이고 소설 같은 꿈이어서 네게 말해 주는 거야.

우리가 헤어질 때, 아무리 멀리 떨어져 있더라도 전화와 편지를 자주 하자고 약속했지. 사실은 약속을 할 필요가 없었지. 약속 안 했다고 전화나 편지를 안 하나?

우리 배회사에서는 선원들에게 1년에 두 달씩 휴가를 주지. 작년에 처음 휴가를 받았는데 갈 데가 있어야지. 로마에서 내려 피렌체와 베네치아로 일주일동안 혼자 기차여행을 했지. 땅을 밟아도, 좋은 경치를 봐도 감동이 없더군. 혼자 여행하는 것은 외로운 거야. 여행하면서도 공연히 길을 나섰구나 … 하고 후회를 했지. 주희가 살았는지 죽었는지도 모를 때인데….

그래서 금년 휴가에는 남조선에 갈까 해. 애당초 남조선에 갈 뜻이 내게는 없었어. 나를 반겨줄 사람도 없고, 어쩐지 남조선 사회가 내게는 안 맞을 것 같은 생각이었어. 얼마 후에는 이태리 시민권을 신청할 마음먹었었지. 그런데 주희를 만난 후 마음이 바뀐 거야. 남조선에 가겠다고.

나는 요즘 남조선에 간다는 희망을 품고 살고 있어. 서울에서 특별히 할 일은 없어. 그냥 주희를 만나서 커피 함께 마시고 식사 같이하고, 우리고향 남포 얘기 실컷 하고… 그러면 되지 않겠어? 앞으로 내가 살아갈 계획을 의논하면 더 좋고….

여기서는 고향애기 세상애기를 나눌 상대가 없어. 즐겁게 점심을 함께하고 커피 마시고 할 상대가 없어. 나는 이번에 휴가를 한 달만 받을까 해. 서울에는 25일간 머물까 하지. 두 달씩 노는 게 내게는 어울리지 않는 것 같아. 일을 열심히 해야 하니까.

이스탄불의 장터길을 걸어 나올 때 내가 얘기했지? 우리가 언젠가는 기어이 섭죽을 함께 먹자고. 파는 데가 없으면 만들어서라도 먹자고….

섭죽을 먹는 날을 기다리며 또 편지 쓸게.

종구.

주희는 이 편지를 다 읽고 편지를 가슴에 꼭 껴안았다. 울고 싶은 마음이었다. 남포에서 섭죽을 함께 먹던 일, 어우름터 벤치에 앉아 시간을 보내던 일, 제이드호 갑판에서 마주쳤던 일, 이스탄불의 오픈 카페에서 함께 커피를 마시던 일들이 무슨 영화장면처럼 스쳐갔는데 왜 울고 싶었는지 알 수가 없었다.

그로부터 꼭 2주일 후 주희는 마종구로부터 전화를 받았다. 7월 8일 낮 12시 5분 인천공항에 도착하는 비행기표를 며칠 전에 예약했다는 것이었다. 이 전화를 받고 또 가슴이 뛰었다. 휴대폰을 끊고도 벌렁벌렁 뛰는 가슴은 멈추지 않았다.

─이런 게 건강에 나쁘다지? 나쁘면 얼마나 나쁘겠어…. 백번 나빠져도 이런 전화를 받는 게 얼마나 좋은가.

가슴이 좀 진정되고 나서는 한구석 께름직한 게 있었다.

─하필 왜 루프트한자람. 예약을 아직 안 했으면 돈

을 조금 더 주더라도 KAL이나 아시아나를 타고 오랄 걸 그랬지… 하는 생각도 들었다.

실은 김주희 부부도 로마로 가고 올 때 루프트한자를 탔다. 루프트한자는 KAL, 아시아나보다 많이 쌌다. 두 항공사의 이코노미 요금에 조금만 보태면 루프트한자의 비즈니스 클래스 좌석이 된다고 해서 그렇게 로마를 갔다 온 것이다.

그런데 서울에 도착한 지 이틀 후인가. 주희는 TV를 보다가 깜짝 놀랐다. 스페인을 떠나 독일로 가던 루프트한자 소속 항공기가 프랑스의 알프스산맥에 부딪쳐 승객 150명이 모두 죽었다는 뉴스였다. 가슴이 철렁했다.

하필이면 또 그 루프트한자?…. 이코노미 클래스로 오는지 비즈니스 클래스로 오는지 모르지만, 어쨌든 돈이 덜 들게 오느라고 그 비행기를 타는 거겠지… 하며 조금 안타까워했다.

종구가 오기까지는 열흘이 남았다. 25일 동안 종구와 어떻게 지낼까를 며칠을 두고 연구하기로 했다.

— 호텔은 비행기표를 산 여행사에 이미 예약을 부탁했을지도 모른다. 만일 호텔 예약을 안 했으면 어느 호텔로 안내를 할까 ···. 집에서 멀지 않은 호텔은 인천공항 근처의 호텔뿐이다. 이런 호텔은 환승객이 주로 이용한다지···. 그런 호텔에는 짐을 풀어 놓을 기분이 안 나고 뜨내기 같은 생각이 들 테니까 그런데는 피하자고 마음먹었다.

서울 중심가는 집에서 너무 멀고··· 좋은 식당이 많다는 청담동에는 아담한 호텔이 여럿 있지만 고광호가 떠오를 것 같아서 싫고··· 그래서 마땅한 호텔은 차차 알아보기로 했다.

— 공항에는 내가 차를 몰고 나간다. 동수를 태워 가지고 갈까 ··· 혼자 갈까 ··· 혼자 가야지···.

— 어디를 먼저 데리고 가나 ···. 우선 문산에 있다는 망향의 동산으로 가자 ···. 추석이나 한식에는 북조선

에 있는 부모 제사를 지내려는 사람이 많이 온다지 않던가. 거기서 북조선 땅이 건너다보이는지 아닌지는 모르지만 종구와 함께 북조선 하늘만 쳐다보아도 한이 조금은 풀릴 것 같았다.

— 다음엔? 서귀포가 그렇게 좋다지 않던가….

주희는 제주도를 한 번도 가보지 못했다. 신혼여행을 제주도로 많이 간다는 얘기는 들었는데, 3년 전 결혼식을 마치고 고광호 부부는 중국 창춘으로 신혼여행을 갔었다.

남편의 고향이 제주도라는 것을 알고 있던 주희는 언젠가 제주도 여행을 한번 가자고 한 적이 있다. 남편은 고향엔 별로 가고 싶지 않다고 딱 거절했다. 그 이유는 말하지 않았다. 그때 주희는 남편이 고향얘기를 한 번도 하지 않았던 것을 기억해 내고 좋지 않은 일이 있어 고향을 떠났나 보다… 라고 생각해 버렸다.

주희는 불현듯 남포를 생각했다.

마종구와 주희는 언제 평양에 가서 영화를 하나 보

고 돌아오자는 얘기를 했었다. 평양-남포는 아마 서울
-인천과 비슷한 거리일 것이다. 그러나 버스 편이 적
어 갈 길이 편하지도 않거니와 둘이 연애한다는 소문
이 학교에 퍼지면 불량학생 취급을 받기 일쑤이기 때
문에 졸업 후에 가기로 했었다.

함께 평양에도 못간 처지…. 서울에서는 그 아쉬움
을 풀기 위해 마음껏 다니자 ….

파주 … 서귀포뿐이랴. 설악산, 에버랜드, 마켓, 시
내 명동 … 사방을 마음껏 다니자. 그리고 슈퍼마켓에
가서 함께 카트를 밀고 바나나와 망고, 맛있는 과자를
듬뿍 사자 … 고 마음먹었다. 물론 섭죽을 끓일 홍합도
사고….

주희는 열흘 동안 설렘 속에서 바쁘게 지냈다. 입을
만한 옷은 가게에 나갈 때 몇 별 장만한 것이 있고, 자
동차는 새 차지만 차 안을 깨끗이 정리했다. 온천이 피
부에 좋다고 해서 온양에도 한번 다녀왔고 오일 마사

지, 효소찜질을 번갈아 두 번이나 받았다.

　말로만 듣던 마사지는 처음 받아봤다. 몸과 마음이 아주 편안했다. 주희는 마사지를 받으면서 별의별 생각을 다 했다. 누군가를 붙들고 이러이러한 기다림 때문에 나는 너무 행복하다고 자랑하고 싶었다. 아니면 거리에서 두 손을 벌리고 나처럼 기다림의 행복을 가져 본 사람이 있으면 나와 보라고 소리쳐 보고 싶었다.

　그날그날이 바쁘면서도 주희에게 7월 8일은 너무 길었다. 목마른 나무가 비를 기다리듯, 나비가 봄을 기다리듯 그녀는 그렇게 그날을 기다렸다.

가까이 지내는 후배가 하루는 이런 말을 했습니다. "나이가 드셨으면 소설을 쓰지 말고 우리사회를 일깨우는 교육자적인 글을 쓰거나 말을 해야 합니다. 정치·법조·문화·교육계 할 것 없이 모든 분야에 불합리한 일, 비상식적 잣대가 얼마나 횡행합니까."

이 말에 "내가 뭐…"라고 했을 뿐 별 대꾸를 하지 않았습니다. 신문에 칼럼을 쓰든지 어디 가서 특강을 하라는 거창한 주문으로 들었기 때문입니다.

그 친구가 이런 말을 왜 했을까를 그 후 생각해 보았습니다. 별로 팔리지도 않을 '소설나부랭이'를 무엇 때문에 쓰고 있느냐는 뜻이 함축되어 있다고 결론을 내렸습니다.

그 후배는 바로 전에 내가 쓴 소설을 읽었다며 그 내용 일부를 화제로 삼다가 '원로다운' 일을 하라고 했기 때문입니다.

　그 후배의 말에 공감할 수 없는 이유가 자꾸 떠올랐습니다. 우선 나는 스스로 '원로'라고 생각해 본 적이 없다는 것입니다. 그리고 비상식과 불합리를 개탄하지도 않습니다. 나는 부정(否定)과 비관을 혐오하고 있습니다. 많은 사람들이 세상을 개탄하면서 비관적인 글을 쓰고, 말을 합니다. 따지고 보면 우리사회에 부조리와 비상식적 상황이 언제는 없었습니까. 그럼에도 불구하고 30년 전, 50년 전에 비하면 지금의 우리사회는 얼마나 대견합니까. 부정과 비관보다는 절제된 비판, 대안 있는 낙관론이 훨씬 좋다는 생각입니다.

　이야기를 딴 길로 잠깐 옮기겠습니다.
　탈북자를 상대로 남한에 와서 가장 놀랍다고 느낀

것이 무엇인지를 설문한 결과 '길에는 차가 너무 많다. 어디를 갈 곳이 그리 많은가', '서울엔 커피숍도 많고, 커피 마시는 사람도 너무 많은 게 놀라웠다'는 응답이 10위 안에 들어 있습니다.

이 내용을 놓고 이런 논평이 있었습니다.

— 바로 봤어. 여자들이 백화점 쇼핑에도 차를 몰고 나가고, 동창회 점심에도 자동차를 몰고 가니… 기름 한 방울도 안 나오는 나라에서 그래도 되겠나? 한심한 일이지. 또 커피도 그래, 우리가 언제부터 커피를 그렇게 마셨다고, 점심값과 맞먹는 커피값을 아까운 줄 모르고 마시나 … 뭔가 잘못됐어.

이 견해에 나는 동감하지 않습니다. 그 이유는 이렇습니다.

서울에 있는 자동차의 10분의 1이 평양에 있다고 쳐도 평양거리를 오가는 차가 지금보다 많지 않을 겁니다. 갈 곳이 없는데 어떻게 차가 있겠습니까. 쓸데없이 어울리면 의심이나 받고, 말실수를 하면 평양에서 추방되는데…. 서울에서 사람들이 차를 몰고 골프 치러 다니고 백화점이니, 동창회니 다니는 것은 생활의 즐거움이고 활력 아닙니까.

커피 마시는 것도 그렇습니다. 둘러앉아 세상얘기 회사얘기 취미얘기를 나누면 그것이 얼마나 활기찬 사회적 소통입니까. 각자의 에너지 재충전도 되고.

커피예찬론 같습니다만 커피하우스에 사람이 모이고 정보가 교류되고… 그래서 커피가 갖는 각성적 특성 때문에 그곳은 시대를 움직이는 정신적 원동력이 만들어질 수도 있다지 않습니까. 파리의 커피하우스가 프랑스 혁명으로 이어지는 토론의 장을 만들었다고 주장하는 사람도 있습니다.

길에 넘쳐 나는 자동차와 커피숍에 대한 개탄은 부정·비관주의입니다. 나는 그 반대의 관점에 서고 싶습니다. 자동차와 커피…. 나쁠 것이 없다는 생각입니다.

세상을 일깨우기 위한 교훈적인 글이나 말은 개탄과 부정적 시각이 전제되기 쉽고 그래서 얼핏 들으면 성경말씀처럼 들립니다.

　내가 쓴 소설은 '소설나부랭이'일지도 모릅니다.

　문학적 향기가 없기 때문입니다. 소설을 몇 권 썼지만 베스트셀러가 될 것은 한 번도 기대하지 않았습니다. 돈이 되는 것도 아니고 명성을 떨치는 것도 아닙니다. 그냥 썼습니다. 글을 쓴다는 것이 산다는 것을 확인해 주는 느낌이 들어 한가한 시간에 조금씩 썼습니다. 소설은 상상의 나래를 마음껏 펼칠 수 있어 좋았습니다. 기자생활을 오래 하면서 객관적 사실에 충실한 글만 써왔기 때문에 하늘과 바다에 마음껏 상상의 나래를 펴 보는 것은 즐거운 일이기도 했습니다.

　교육적, 교훈적이라는 말이 나왔습니다마는 실은 소설에는 ― 그것이 문학적 향기가 있든 없든 ― 교훈이 될 대목이 있다고 생각합니다. 계몽주의시대의 소설은 말할 것도 없고, 참여문학파의 작품, 순수문학파의 작품에도 교훈적 메시지가 있다고 생각합니다.

나의 이번 소설도 주인공 두 남녀의 북한생활, 탈북 경위를 통해 북한의 실상을 조금 더 이해할 수 있었으면 좋겠다는 바람이 있었습니다. 또 주인공의 눈을 통해 북한·남한·유럽 사람의 개성과 집단주의도 비교해 보았습니다.

굳이 분류하자면 이 소설은 연애소설인데, 그 가운데는 바람직한 부부상, 부부간에 있어야 할 에티켓도 써 보았습니다.

충고한 후배에게 변명한 게 됐습니다만 내친김에 그 후배에게 약속 하나 할까 합니다. 소설나부랭이는 이제 그만 쓰고, 열심히 소설을 읽기만 하겠다고. 진정한 작가가 쓴 상상의 바다에서 헤엄을 치겠다고.

2015년 5월

김 동 익

김동익

서울에서 태어나, 서울고와 서울대 법대를 졸업했다.

언론계에 오래 종사했다(〈조선일보〉기자·〈중앙일보〉편집국장,
주필, 대표이사).

정부에서 잠시 일했으며(정무장관), 대학총장(용인송담대학교)을
지냈다.

저서로《정오의 기자》,《권력과 저널리즘》,《대학교수 그 허상과
실상》등이 있으며, 2010년 이후 장편소설《태평양의 바람》,《안
단테, 안단테》,《이상한 전쟁》,《서른 살 공화국》,《어느 날 갑자
기》를 펴냈다.

나남창작선 130
크루즈와 나비

2015년 7월 10일 발행
2015년 7월 10일   1쇄

지은이   金東益
발행자   趙相浩
발행처   (주) 나남
주소   413-120 경기도 파주시 회동길 193
전화   (031) 955-4601 (代)
FAX   (031) 955-4555
등록   제 1-71호 (1979. 5. 12)
홈페이지   http://www.nanam.net
전자우편   post@nanam.net

ISBN   978-89-300-0630-9
ISBN   978-89-300-0572-2 (세트)
책값은 뒤표지에 있습니다.